黄春明小说集⑤

没有时刻的月台

黄春明 著

北京联合出版公司

图书在版编目(CIP)数据

没有时刻的月台 / 黄春明著. -- 北京：北京联合出版公司, 2019.9
（黄春明小说集）
ISBN 978-7-5596-3490-0

Ⅰ.①没… Ⅱ.①黄… Ⅲ.①短篇小说—小说集—中国—当代 Ⅳ.①I247.7

中国版本图书馆CIP数据核字(2019)第155198号

本书经联合文学出版社股份有限公司授权，非经书面同意，不得以任何形式任意改编、转载。

没有时刻的月台

作　者：黄春明
责任编辑：李　红　徐　樟
封面设计：周富标

北京联合出版公司出版
（北京市西城区德外大街83号楼9层　100088）
北京联合天畅文化传播公司发行
武汉市盛宏源印务有限公司印刷　新华书店经销
字数122千字　700毫米×1000毫米　1/32　8印张
2019年9月第1版　2019年9月第1次印刷
ISBN 978-7-5596-3490-0
定价：45.00元

版权所有，侵权必究
未经许可，不得以任何方式复制或抄袭本书部分或全部内容
本书若有质量问题，请与本公司图书销售中心联系调换。电话：（010）64258472-800

总　序

听者有意

　　为自己的小说集写一篇序文，本来就是一件不怎么困难的事，也是"礼"所当然。然而，对我而言，曾经很认真地写过一些小说，后来写写停停，有一段时间，一停就是十多年。现在又要为我的旧小说集，另写一篇序文，这好像已经失去新产品可以打广告的条件了，写什么好呢？

　　在各种不同的场合，经常有一些看来很陌生，但又很亲切的人，一遇见我的时候，亲和地没几分把握地问："你是……？"我不好意思地笑笑，他也笑着接着说："我是看你的小说长大的。"我不知道他们以前有没有认错人过，我遇到的人，都是那么笑容可掬的，有些还找我拍一张照片。我已经是七十有五的老人了，看他们稍年轻一些的人,想想自己,如果他们当时看的是《锣》《看海的日子》《溺死一只老猫》,或是《莎哟娜啦·再见》《苹果的滋味》等之类,被人归类为乡土小说的那一些的话,那已是三四十年前了,算一算也差不多,我真的是老了。但是又有些不服气,我还一直在工作,只是在做一些和小说不一样的工作罢了。这突然让我想起幺儿国峻。他念初中的时候,有一天我不知为什么事叹气,说自己老了。他听了之后,跟我开玩笑地问我说,"老吾老以及人之老"这一句话用闽南语怎么讲?我想了一下,用很标准的闽南读音念了一遍。他说不对,他用闽南话的语音说了他的意思,他说:"老是老还有人比我更老。"他叫我不要叹老。现在想起来,这样的玩笑话,还可以拿来自我安慰一下。可是,我偏偏被罩在"说者无心,听者有意"这句俗谚的魔咒里。

当读者纯粹地为了他的支持和鼓励说"我是读你的小说长大的"这句话,因为接受的是我,别人不会知道我的感受。高兴那是一定的,但是那种感觉是锥入心里而变化,特别是在我停笔不写小说已久的现在,听到这样的善意招呼,我除了难堪还是难堪。这在死爱面子的我,就像怕打针的人,针筒还在护士手里悬在半空,他就哀叫。那样的话，就变成我的自问：怎么不写小说了？江郎才尽？这我不承认，我确实还有上打以上的题材的好小说可以写。在四十年前就预告过一长篇《龙眼的季节》。每一年，朋友或是家人，当他们吃起龙眼的时候就糗我，更可恶的是国峻。有一次他告诉我，说我的"龙眼的季节"这个题目该改一改。我问他怎么改，他说改为"等待龙眼的季节"。你说可恶不可恶？另外还有一篇长篇，题目叫"夕阳卡在那山头"，这一篇也写四五十张稿纸，结果搁在书架上的档案夹，也有十多年了。国峻又笑我乱取题目："看！卡住了吧。"要不是他人已经走了，真想打他几下屁股。

我被誉为老顽童是有原因的，我除喜欢小说，也爱画图，还有音乐，这一二十年来爱死了戏剧，特别把儿童剧的工作当作使命在搞。为什么不？我们目前台湾的儿童素养教材与活动在哪里？有的话质在哪里？小孩子的歌曲、戏剧、电影、读物在哪里？还有，有的话，有几个小孩子的家庭付得起欣赏的费用？我一直认为小孩子才是未来。因为看不出目前的环境，真正对小孩子成长关心，所以令我焦虑，我虽然只有绵薄之力，也只好全力以赴。这些年来，我在戏剧上，包括改良的歌仔戏和话剧，所留下来的文字，不下五六十万字，因而就将小说搁在一旁了。

非常感谢那一些看我小说长大的朋友，谢谢台湾联合文学的同仁，没有他们逼我将过去创作的小说整理再版，我再出书恐怕也遥遥无期。我已被逼回来面对小说创作了。

黄春明

本文原载于二〇〇九年联合文学版《黄春明作品集》

目 录

中短篇小说

男人与小刀　　　003

跟着脚走　　　039

请勿与司机谈话　　　087

他妈——的，悲哀！　　　097

没有头的胡蜂　　　111

众神，听着！　　　127

金丝雀的哀歌变奏曲　　　169

没有时刻的月台　　　189

有一只怀表　　　199

胖姑姑　　　219

龙目井　　　229

最短篇小说

葡萄成熟时　　　237

买观音　　　　　238

迷　路　　　　　240

听　众　　　　　241

小羊与我　　　　242

棉花糖，紫药水　243

挑战名言　　　　245

灵魂招领　　　　246

许愿家族　　　　247

中短篇小说

男人与小刀

在这星光闪闪的午夜,
这把刀子默默地溢出青色冷锐的光波,
给人有一种异乎平常所没有的感受。

阳育的行李在上个星期，已经全部都拿回家了。所以他的手有闲插进袋子里，走进台北站的月台。他的手在袋子里捏着合在鞘子里的小刀玩，心里却又想：父亲真不该生我，他替自己生一个一直在蚕食他的心的烦恼。当然，母亲她什么都不会知道。阿姨她现在才对我好起来，这能影响我什么？对于我，他们还有什么希望？最糟糕的是，他们一定要我在今天赶到家里。

　　他想着想着。他走错了月台；第三月台是往淡水的地方。在那里，有一个人走近来往他的肩膀一拍说：

　　"老K！你回淡水吗？"他回过头，那个人连忙说："对不起！我搞错人了。"说完钻进人潮消失。他望着那个人挤开人潮的涟漪，自言自语地说："噢！不！我回罗东。谢谢你！我才是搞错了。"

　　月台上的钟告诉他，还有十六分钟火车才会走。十六分钟的时间到第二月台足够他慢慢地晃。他靠左边走上天桥。从天桥下来的人群，像从山上滚下来的石头，急急地往下冲，经他身边的人，都要和他重重地碰个肩膀。几个和他同样年轻的小伙子，和他碰肩之后，停下来用眼睛瞅住他。他回头笑笑说："怎么了？你也搞错人了！"

天气很闷热，他的手一直都在袋子里捏着小刀玩，手心都冒出汗来了。他心里又在想：他们真不该生我。怎么不多生几个阳君、阳吾那样的孩子；他们从小就很听老人家的话的，他们不会在地上打滚，他们不会抓蟾蜍装进兜里吓昏母亲。只有我才会捏造谎言，像捏泥巴那么容易，告诉父亲说：我在学校里打破玻璃，给我十块钱……他想着想着：他们真不该生我，这对于他们和对于我都是同样没有好处的。最糟糕的是，他们一定要我在今天晚上赶回家里。

往苏澳的火车向第二月台慢慢地倒车进来了，月台上想回到兰阳地方的旅客，向来就不会像这时这般地紧张过。

很多离开家乡稍远的人，他们要回到兰阳地方的时候，大部分都是乘台北开往苏澳的最后一班平快列车。这一班车的一节车厢里，意外重逢的一对青年相对而坐。他们并不惊奇，只是互相感到突然和尴尬了一阵。

暑夏，谁都穿得很少，也只有这班车的旅客，才显得格外疲倦；大部分人半躺着，有些靠窗户的男人，把脚跷得很高，也有人坐下来低声细气地谈着话。

"结婚了？"他并不渴望她的回答。他们有两年不见面了。

"结婚了！"

"真的？"

"真的！"

"很幸福？"

"很幸福！"她毫不迟疑地回答着。琇美一边回答他的话，一边注视他左手上的小刀，很巧妙地圈着削去梨皮。梨皮连得很长很长。她为了这有趣而快坠到地面上的梨皮屏住气。终于梨皮断了。她深深地吐了一口气。阳育抬起头看看她，正好他们的视线铿锵有声地碰在一起。谁先移开自己的视线，谁的自尊心就将受到损伤。阳育吞了一口口水，强抵住对方有力的目光。因为他看到琇美那丰满得几乎要爆开薄薄的化学纤维的乳房在起伏。他想起从前的一个晚上，他曾经把耳朵贴在她的胸脯，听她那心跳透过肥厚的细胞组织的奇妙声音，现在他又记起来了,而那心跳声就在他的鼓膜里,重新卜通卜通地响着。

"你一点也没有变。"琇美说。

"我不大懂你的意思。"他不愿意承认自己的自尊已受到某种程度的损伤;最好的伪装,那就是他又低下头,动刀子圈着削梨子。梨子已经没有皮可削了。皙白的梨肉,在他的小刀蠕动之下,像快利的刨子,在木头上刨出来的木屑,长长地一直伸展出来。他说:"你是指哪一点来说的?这把刀子?"

"你!所有的!"阳育很喜欢听到她这么说。

"我?所有的?"他从梨子里抽出小刀晃了一下,望着小刀笑了笑,想接着说些什么。但是又没说出来。

彼此沉默了好一会儿,直到梨子削完了,琇美都在注视着他的动作;他的左手和小刀一向合作得很好。现在阳育倒真正想要知道点事情的真相,虽然事情的有无,早已和他发生不了任何关系。但是,他开始认真地问:

"结婚了?"

"结婚了!"

"真的?"

"真的!"

"不撒谎?"

"不撒谎!"

"你的回答真无聊!"他对琇美的回答形式很失望。

"我没骗你的。去年你还在军中的时候,我们结婚的。"

"噢!夫人。你完全误会了。我百分之一百地相信你的话。我是说你那样拾起我的问话,原原本本地扔回来的回答很无聊。"

"因为你的问话也很无聊不是?"

这时,火车钻入三貂岭的山洞里,车轮辗着铁轨的声音格外地响。许多讲话的人,不是停下来,就是拉开嗓子喊:

"很无聊、很呆板,就像现在铁轨的声音,你听着:'结婚了?结婚了!叽咯叽咯,真的?真的!叽咯叽咯……'"他们都笑起来了,只是一下子的憨笑后,又沉默下来,好像他们不应该笑。

"结婚——"他用小刀划开折了几折的晚报。他一直做着这无意义的动作说:"以我们两个人来说,结婚一定另有意义吧。不然，我们不是老早就算是结婚了！"

琇美不知觉地被揶揄，她总觉得对方为了她在认真，所以她确信阳育仍旧深爱着她。以后，只要琇美和她的丈夫稍微争吵，她就会惦念起阳育来，甚至于会记起这段在车厢里所受的揶揄而后悔不已。她心里有点微微的激动。

"不谈以前的事吧。"琇美说，"现在退伍下来，准备做什么？"

"结婚！"

随车的男服务生，看了阳育椅子底下，满是果皮纸屑，心里气愤不过，人走了好几张椅子了，那怒视的目光还是不时掉转头来瞅住着阳育。

晚报已经被割成许多烦恼的碎片，在这还有一个钟头左右的时间，他突然感到时间过得特别快，家里给他的印象，从来就没有像这个时候这般地恶劣。这段时间，阳育要再找一件什么东西，让小刀子好好地撕开它。要是找不到什么东西，自己的指甲是最现成的了。从很久很久以前，他就不用剪刀或是指甲刀剪指甲了，他可以用这把小刀削指甲，修得和用指甲刀剪的一样好,一样整齐。今天晚上,不管回到家里已经多晚了,他总要把刀子磨快了,然后拽一根头发,放在刀口,风一吹,看头发断了,他才能上床睡觉。

火车一连串穿越了几个山洞,他们虽然是沉默下来,心里却同时联想刚才一见面的那段对话,正像呆板的叽咯叽咯地响着的铁轨声,结婚了?结婚了!真的?真的!很幸福?很幸福!

火车还慢慢地滑着。一个远离这儿多年的老瞎子,当他的鼻子,从车厢的窗户对流进来的空气中,闻到那从太平山上搬下来的桧木的香味时,他兴奋地,而且用力地摇着旁边那个睡着了的男孩子。他大声地说:"我们的罗东到了!"他满脸喜悦的肌肉都起来舞蹈。在这时候,很多人都探头到车厢外面,那渴望的眼睛,在月台栏栅外面的许多脸孔当中,找着他们熟习的脸孔。那里喊的,这里叫的,构成一片很温暖可爱的混乱。

阳育和琇美好像还没到站的旅客似的,静静地把背靠着。尤其是阳育,显得反常地冷静,能多坐一秒钟就多坐一秒钟,他不想马上离开他的座位。同时他看到这群急着要下车,而恨不得就从窗口跳下去的罗东人,他觉得很可笑。

"没有人来接你？"阳育问。

"他在台北。你呢？"

"我？"阳育冷冷地笑了笑说，"没人会来等我的，家里的人更不可能。上星期我也回来几天。"他脸部的肌肉，掠过一阵由心底冒出来的寒冷抽缩。

"从高雄？"

"当然是！"

"什么事那么要紧，几天当中高雄罗东来回着跑？"她停一停说，"结婚？"

"你们女人就有这种鼻子，你完全猜对。"他的语气像手中的小刀一样冷而且锐利。

他们一点也不急，留在月台上谈话，等到所有到站的旅客都走出月台，他们才最后走向栅口。收票员收到阳育的那张被刀子细细地削去一部分的车票，皱着眉头望着他们的背影，一边伸手去把柱子上的开关关掉。栅口外的广场，一时都陷入黑暗。他们俩都不约而同地回过头来，同时都看到车站正门上面的电钟。

"喂！十一点多了，今天我坐车坐累了，不想送你回去。同时……"

"同时什么？同时！我知道你要说什么！"她有点不高兴。

"你明白了最好。我们现在不比以前了不是？"

这时候还有两三部三轮车踏近来兜他们的生意。

"你坐车？"他问。

"不！我们走走谈谈。我来陪你回家。"琇美看他没有反对就说，"走河边！"

"随便！"他想了一下说，"你有点不一样。我想大概是天气太热的缘故。"

"你觉得很热吗？"

"是的，热得有点难受！"

河边是一条老路，除了河岸两边的柳树，比两年前他们经常走过的时候茂盛了许多之外，一切都是如旧。满天的星光，倒满在低声吟哦的河水，叫他们捕捉不尽的回忆闪闪灭灭。阳育顺手摘了一枝垂在他面前的柳条，又拿出刀子，很均匀地一片一片地削着。

"有一天我就是在这里发现柳枝的片片，于是我一直跟踪着走到图书馆找到你的。"

他一句话都不说。从车站的那条路拐到河边来，他就静得像手上的刀子，在这星光闪闪的午夜，这把刀子默默地溢出青色冷锐的光波，给人有一种异乎平常所没有的感受；此刻，他感到有一种力量在压缩着四周的空气。他心里想：这家伙，好大的胆子呀！在这深夜，在这条鬼路，和一个手上拿着一把锐利的小刀的疯狂的男人走路。好大的胆子，和一个狂人，和一把要命的刀子！

"怎么？你急着想回家？"琇美奇怪地问。

"为什么？"

"你的脚步突然变得很快。"

"没有。我想大概天气很热的缘故。奇怪！今天晚上怎么连一丝风都不来？"他沙哑地吹起口哨来，也把脚步放慢。

"你的口哨真难听。"

"就是要这样。小时候祖母告诉我的，没有风的时候，只要吹吹这种沙哑的口哨，风就会来。"停了停，"咦——，风来了！"

"见鬼！我的祖父说晚上吹口哨鬼会来。"

"要是你的祖父同我的祖母结婚，我相信他们一定要天天吵架。那一辈的人又不敢离婚。"他觉得自己的话很好笑。琇美看着他笑有点茫然。今天阳育的笑总是不长尾巴的。他一下子又变得很严肃地说:"我们这样让熟人看见了,他们会怎么样想?"他的刀握在手里空闲着。

"不知道。但是现在没有人呀!"

没有人!他心里一跳:只有一个女人,和一个手里握着刀子冒汗的人,在深夜里走着河边的鬼路。手上的刀子闲着,他很想再拿到什么来破坏,不然,胸口一直有一股沉闷的东西膨胀着,逼得他几乎要发狂。他心里明白,今天晚上遇见父亲,如果说一声"不"字会怎样。虽然家人给过他时间考虑。但是,"不"字正是他所要说的话。

路上有一只空罐头躺着,他走过去没命地把它踢开,篱笆里的狗被惊动了。他的左手紧紧地握着小刀,步子又加快了。琇美被抛在后头,喘呼呼地叫:"阳育,阳育你怎么了?慢一点,阳育!"他听琇美这样一呼喊,心里也着了慌就开始跑起来了。她穿了高跟鞋根本就没办法跟上他,最后只好停下来。阳育跑了一段路,回过头大声地喊:

"琇美!你不能来!你回去!这里有危险!"说完他又掉头跑。

天上的星光在发颤，河水在荡漾，蛙鸣顿然停息，此刻大气中，一点风都没有。

"我们以为你今天不回来了。最后一班车已经过了个把钟头了，你又到哪里去了？"阿姨把门闩好说，"你父亲心情不好，说话可要小心。"

"我不能不说自己的话。"他看到阿姨伤心的样子又说，"我会注意和他说话。"

"你还是答应了吧。"她渴望地仰起头注视阳育。

"不！我不能答应。"

一只大概是新搬到挂钟背后躲起来的壁虎，当老挂钟开始敲十二点的时候，它惊惶地冲出几步，死死地贴在墙壁上不动。经过三四下的钟响，它似乎已经知道，这声音和人的脚步声，关门的音响，都不和它发生关系。但是一场虚惊的余悸，使得它那透明的腹部，鼓动得很剧烈。阳育的父亲抬头看看钟，很自然地看到那只壁虎。他知道他此刻的胸腔，也像壁上的那只壁虎，一样起伏得很厉害。他告诉自己，不能再对这孩子发脾气，无论如何绝不能像以前那样骂他，这样也许还有一点希望。

"回来了！"他看到阳育走进来时，先开口说，"先吃饱肚子我们再来商量。"

"锅里还留有饭菜。我来拿。"阿姨说。

"不要！我出去叫面回来。"不管阳育怎么说，父亲说了就出去。阳育的心里很难过，他倒希望父亲像以前那样，拼命到外边做生意，小孩子的事情不去管，气起来不分青红皂白把阳育抓来就打一顿。

"我爸爸今晚上和以前完全不一样了。他突然变得很陌生。"他很不安地说。

"是啊！你爸爸的意思你得明白，不然的话害他很痛苦。他现在连什么尊严都不要了。"

"不能怪我！事情越弄越糟糕的。"

"还是老话，阿玉你也承认她是一个好女孩子，长得又不错，你同她结婚，不但娶到一位好太太，你爸爸的债也可以解决，这个房子仍旧是我们的……"阳育没有等阿姨说完就插嘴说：

"这我都知道了。我办不到！你不要和我爸爸有同样的想法……"

"我虽然是你的后母，我比他更想——"她说着眼泪竟簌簌地掉下来。

父亲带着面摊的小孩，提回来一盘小菜和汤。阳育很同情父亲，除了死他什么代价都付给孩子了。向来他就没有像泥土这般松软过。突然阳育又觉得父亲太卑鄙了，不过他也憎恨自己为什么父亲的可怜与卑鄙，和他牵连着良心上的责任。他心里暗暗地想：我不能死！把父亲的自尊吃了是有毒的。我不能吃！绝对不能。他不知道他的手又拿出小刀，轻轻地削起筷子。

"赶快吃。"父亲说。

"不！我不饿。"阳育显然地很不高兴，他憎恶父亲的这种虚假。"爸爸你在哪里？你不要这样对待我。我，我受不了。你快一点告诉我你所要告诉我的话。"他激动地把筷子更用力地一片接一片地削去了一截。

父亲强装平静地说：

"我说你回来了最好！我们可以重振家邦。现在我又想做点生意。你回来了我真高兴。"

"不是，你不是要说这个。你是在说假话。"面和汤的氤氲已经消失了。阳育换了另一根筷子削。削啊削啊，他们沉默了很久。这房子里，当他们不说话的时候，静得像一颗不知将在什么时候爆炸的定时炸弹。谁也耐不住这样的沉默了。他们都觉得不能再不说话了，不管事情的发展怎么样,是大家应该说自己的话的时候了。阳育把削到最后的一截筷子,很用力地把它劈成两半:"我不能改变。绝对不能办到。"他又用刀子削着桌子的边缘:"我的婚姻不能没有我的意思。一对美满的婚姻应该是大家的祝福,在大家的当中我是最重要的。你应该像以前一样,让我自生自灭。"多少他自己觉得比刚才沉闷的时候好多了。但是父亲意外地平静,使阳育感到惊异,他有点失望,这种裹足在闷不开的地方,总是希望快点过去。父亲的目光平平地注视阳育手里的刀子,它一小片一小片把桌子的缘角削平。

又是一段可怕的沉默。终于阳育的父亲讲话了:

"现在我只听信你这一次,你来做个决定。一个你照我的意思结婚,一个我死。"他的话一点也不激动。阳育没有回答,他只顾用力地削桌子。阿姨急了。她连忙说:"乱说!乱说!你怎么可以说这种话?"她一直都是在旁边流泪。

"我受不了。快点说话啊!快让我明白这件事!"他的情绪一分一秒地激动起来。阳育还是埋头削他的桌子。"讲啊!畜生!"父亲又很大声地喊起来,阳育吓了一跳,但是他又惯着自己爱削桌子那老毛病的习惯。

那表示烦躁而削得更起劲的刀子,在这时候,是阳育的父亲看起来最不顺眼的东西。他以为坏就坏在这把刀子。突然,父亲疯狂地向阳育猛扑过去,一下子紧紧抓牢他的左手,撕破嗓子喊:"刀子给我!我把它丢了!"

阳育说:"不!绝不。"

阿姨也冲过去跪在地上抱着她丈夫的腰部哭喊在一起。

虽然话已不用喊了,但是每个字都相当用力地说:"给我!晚上我一定把它拿掉。"

"不!我绝不!"

父子两人争得互不相让,两个人都气喘得很厉害。父亲断断续续地说:"你,一定,结婚。"他还用力地想把刀子夺取过来。

"不!绝不。"阳育也一边猛喘着气,一边又说:"即使她愿意,同我受苦,我也不愿把悲哀的白玫瑰赠送给她。"

"你说什么鬼话?"

他们一直都在使劲争夺刀子,在讲话。

阳育说:"我的痛苦是有思想的一朵,一朵高贵的……"父亲趁他在说话时,抢过来那把刀子,但是失败了。

"你!"他们气喘得更急。"你!说什么高贵的可笑的鬼话?"

"高贵的白玫瑰!"阳育回答。

父亲说:"你这神经病的!"

咦——呀——。两个人更剧烈地扭撞在一起。椅子倒了,桌子也翻了,当父亲被后母那难于入耳的哀号所攫住的时候,阳育猛一挣脱,虽脱开了父亲的手,但是自己却在自己的右臂的肌肉,划开了一个大口,此时很刺眼的血液,像泉水般地涌出来。阳育望着带有几分歉疚的父亲,小声地说:"现在你该满意了吧!"

这个时候,好像什么事情都和流血、两个男人急促的呼告,还有女人的哭声离得很远很远了。

那时候,阳育才念小学三年级。

有一天,放学的时候,阳育独自拐到锯木场背后的那块空地,想去看看昨天才埋在那里的一只麻雀。他到那里看到两个六年级的学生,早已纠缠在一起,打得很厉害;一个比较高大而且兔唇的孩子,骑在比较瘦小的孩子身上，拳头不停地掼下去。那个可怜的孩子，只在底下做着象征抵抗的微弱动作，这情形把阳育吓呆了。当时他很想帮那可怜的孩子，但是他只急得发抖，其他什么都不能做。同时也真想直喊出来。搬木材的好几个工人来了。他们像看什么热闹的人，不但不加以劝架，相反地竟为这两个孩子加油。这些工人把他们围起来，他们当中有几个，还临时口授给底下的那个孩子，教他怎么翻身。那可怜的孩子，还照着大人教他的动作，把脚反过来像剪刀那样打开，然后翻身子。但是，那兔唇的孩子，趁他翻身的机会，把那瘦小的孩子的脸孔压在泥土里，使可怜的孩子更不能动弹了。这些情形，在旁边的阳育都看在眼里。他偷偷地哭起来。

有一个工人问阳育说："是你的哥哥？"他没有回答。

那个人转过脸大声地说："不能再打了，不能再打了。你弟弟在哭了。"他一边走过去，一手就把兔唇的孩子提起来。其他的大人看了都笑起来，同时他们都走开去抬他们的木头。

那个兔唇的孩子，俯下身去捡铅笔盒，还有铅笔盒里的东西。最后他还东张西望地自言自语地说："刀子呢？"他没有找到刀子。他回去了。

　　阳育看到那个挨打的孩子在看他。他觉得很害羞。因为他想他好像已经承认自己就是这个陌生人的弟弟了。他转过脸擦去脸上的泪痕走开。挨打的孩子也走开了。

　　阳育没走几步，他发现地上躺着一把合在鞘子里的小刀——四寸长的士林刀。他刚才看到兔唇的孩子在找它。他恨兔唇的那个孩子，所以他想把刀子丢进厕所里。他把刀子拿在手里细细地看，刀子还是新的，并且磨得很快。他带着刀子去看死麻雀；刀子很好用，挖土时也很方便，他很喜欢它。以前他就一直想要一把刀子。母亲告诉他小孩子拿刀子最危险。他很高兴他有一把刀子了。

　　阳育没挖几下，麻雀的尸体就被挖出来了。本来很高兴的他，顿时又变得很沮丧。他看到死麻雀的眼睛，深深地陷下去，并且还有几条蛆虫，在那里穿出穿进。头顶上的阳光很炽热，空气中扩散着腐肉的臭味。阳育很沉重地重新把麻雀埋进土中，同样地再找一块砖头，把它压在盖麻雀的泥土上面。他想这就是墓碑，墓碑上面应该要有字，他看母亲的墓碑，在那上面就刻有母亲的名字。他打开刀子，想替麻雀做一个像样的小墓碑。他在砖头上面，用刀子刻一只他认为是鸟的图案，把鸟的眼睛和嘴巴刻得特别大。他走了。但是走了几步又回来看那个墓碑。他发现忘了刻鸟的脚。再填了脚之后，他回去了。在路上他脑子里很忙：他恨兔唇的那个孩子，他恨那群搬木头的工人，他害羞，他想麻雀死后的样子，也联想活的现象。活的麻雀会唱歌，死的麻雀眼睛要生虫。母亲的眼睛一定也在地下生虫，这样叫作死。经常说故事的母亲为什么也要这样？怎么样才会不死？他又想到刀子：有一把这样的刀子很好。坏人来了我可以杀他，铅笔断了我自己削，杀蛇，刻东西。路旁有一棵苦楝树，他走过去在树皮上试刀子。他把自己的名字刻在那上面，又把鸟的图案刻在一块儿，这次他不忘记把脚也刻上去。渐渐地别的什么都不想了，他只想刀子。

　　他怕遇见兔唇的孩子要问他的刀子。那一年的暑假一过去，兔唇已不在学校了。他公开地拿出刀子替人削铅笔，在树上刻更多的鸟的图案，在课桌椅上面留他的名字，很多小孩子都很羡慕他，他很高兴。因为这把刀子，老师惩罚过他几次，父亲责备过他。但是他更爱这把刀子。几年后,他能熟练地用这把刀子刻划更多的图案。到了初中,到了高中,甚至于半工半读去读大学,后来又服役,他没有一天不用上几次刀子,只要手一闲,他就拿出刀子削树枝、刻树皮、切纸片、削指甲。刀口已不像以前成抛物线地凸出来,现在相反地变成反抛物线地凹进去。可是刀子是正宗的台湾士林刀——也叫八仙林刀。角刀仔,钢质很好,所以越磨越快利。这把刀子早就成了阳育身体上的一个部分了,有了它,他的喜怒哀乐的情绪,并不受刀子的影响。但是,一失去了它,阳育一定很不安。刀子在他的手中,一向保持得很快利。他的眼睛也像这把刀子的刀口,注视某一件事情,或是人是物就想支解。

阳育的家被清理了,他答应到母校教公民课①维持家里的生活。当时父亲托了一位朋友劝他说:

"你不能再让老人家失望了。虽然你是读水利工程第一名毕业,去教公民也不至于违背良心。这情形总比那几个家政毕业的,晚上同人补习英文,白天教英文的

---

① 公民课:学科名称。

强多了……"

自从阳育去当公民老师之后,那把刀子比往常更忙了,同时他更用力地削东西,他把粉笔盒也拿来削了。

"喂!我觉得你很傻,为什么要同老猫吵?这个社会只允许你适应它,而不能允许你去改造它。"阳育在忍无可忍的情形下,同校长吵着要教代数。吵得很不愉快地跑到体育馆的仓库来。老同学林老师跟上来劝他说:"这件事情谁都看得很清楚。你绝不会为了教代数,想多拿些补习费的。但是老猫除了薪水之外,还得要从补习那里抽一些,才有钱买几条臭鱼喂家里的小猫啊!"

阳育不作答,他只是更气愤地削着手上的东西。

"你怎么把粉笔盒也拿来削呢?让老猫知道了总是不好……"

"知道了就知道了。这不是粉笔盒!"他更用力地把粉笔盒削坏。

"不是粉笔盒?那是老猫!哈哈——"林很得意地笑着说,"我已经看出来了,有时你就把整个社会,拿在手里用刀子把它切,把它削,把它撕毁或是破坏。"

"我希望你不打扰我。我要一个人在这里。"阳育显得不愉快。

"我还有课。我也要被你拿去削的。不会是粉笔盒吧？"林说完了就走开。

阳育坐在垫子上面，这时候他才超然地看到自己。看到自己不满一切的现实，用自己的眼睛和刀子去解剖，去审判，去处刑。他发觉自己和刀子的另一个王国。他回想起来他确实是这样的，每当他愤怒，愤恨不平的时候，他就动刀子。他奇怪他以前为什么不明白这件事。他突然变得很难过，对自己说：看清楚自己就是人类最悲惨的悲剧。人追求无止境的完美，谁敢看清楚自己？谁敢看自己的丑恶和无知？他又联想到一个童话：那个怕老的皇后，下令把全国的镜子都毁掉的故事。

他不知不觉地站起来，用刀子削双杠的木头。林下了课又来了。他看到阳育在削双杠说：

"怎么？我是双杠？"

阳育愣了一下说：

"不！是我自己。"

"为什么？"

"我要赢别人之前，我要先打败我自己。"

"这种想法对你有好处吗？"

"我现在这样想！"阳育说，"有时我们的思想，或是一个意念，就像一个不速之客，忽然来到我们的脑子里，搁不久就跑开，有时任凭我们怎么去想，都记不起他的脸孔来。"阳育很均匀地削着双杠，等着林说话。

"你的刀子可不容易让别的东西留在你的脑子里。"

"老林我们不要再谈这些了，我们都不是学哲学的，不可能有什么答案，只有浪费时间。老猫现在怎么样了？"

"他一直同教务主任在谈话，当然是你的事情。我看你要先找好下学期的工作。"

"我以前刚来的时候，老猫没头没脑地问我说，我当兵之前做什么？我回答他说，我当兵之前在准备当兵。"阳育自己也笑了，"从那时起他一直对我就没好感。"

"你的嘴巴也是一把刀子。"

阳育又在B中学找到工作。那位校长说："那么教公民你已经有了经验了,你在我这里还是教公民吧!"在这之前,阳育也到过D女子中学去找工作。那位老校长说:"你太年轻而且还没结婚,不方便在这里教书。"这个暑假过后,他就是B中学的公民老师了。

过了半个暑假,小刀的刀口大大凹进去了许多,但是阳育仍然磨得很快利。这个时候的日子,一天过得比一天长,包围他的空气老是沉闷得很,还有那黄梅调的歌曲,在屋外屋后乱放。他很想到外头散散心。他走到公路局站,才临时决定到渔港去。

他的左手插进口袋里摸刀子,一边看窗外,读商店的名字。车跑出郊外,他把眼睛闭起来想;他看到一群学生,没精打采地上他的公民课打瞌睡。他说要是我也会这样。他听到父亲咳嗽。他说他不应该生我,这对他和对我都没有好处。他又想到两片玫瑰花瓣似的嘴唇。他动动身子说癞蛤蟆。他想啊想的,在一团昏暗里面想母亲,可是一点印象都扑不到。他不想把眼睛睁开。他想拂开为了想起母亲而使脑子里变成一团迷茫的昏暗。有人拉铃。车停下来了。那个人看了看连忙说:"不是不是。"阳育接替着说:"我来下车好了。这里是什么地方?"车掌小姐②说:"出水口。"阳育下了车,车上的人都嘻哈地笑起来。

　　车远远地拐过一个山脚下的弯道,阳育就被抛弃在另一个世界似的,耳朵里再也没有什么噪音来困扰了。马路的东边,隔着一片稻田,越过那道木麻黄的防风林就是大海洋。在西边,地瓜园一过就是山——一层一层的山峦。在他下车没有几步的地方,有一条由山里一直伸出来,像是今天特别来欢迎他的小径。看了这条路,阳育决定到山上去。他就挖出一条大番薯,走路的时候又一刀一刀地削着。番薯削完了,又顺手摘下路旁的相思树来削。最后,他离开了小路,自己爬到一个高地,拣了一个大石头和一棵相思树在一起的地方,拿出今天的报纸半躺下来。不管他怎么去勉强自己,还是没有办法看下去。最后只在密密麻麻的广告栏上,看了几则征婚启事,就把报纸紧紧地卷起来,开始拿出刀子细细地来切。他试了几下,想磨磨刀子。他吐了一口唾液在大石头上,石头饥渴地一下子就把唾液吸干了。他换个方法,把报纸展开压在地上,拿刀子在上面划。他开始

---

② 车掌小姐:台湾地区对随车女服务员的称呼。

想，想一些老问题，所不同的是，今天就是专门来想这些问题。

他想：我为什么痛苦？因为我活着。活着的人都痛苦吗？也许，只是有些人没发现而已。难道所有有生命的东西，他们都具备着怕死的本能，那就是为了卫护这个痛苦？它的代价是什么？哼！好像问题已经走入正轨了。让我再想想看。阳育仍然在地上用刀子划开报纸。

生物怕死的本能我想是在卫护生的意识。我是人，我只能说我当一个人的感想。人的生的意识，是在培养自我。是怎么样的自我呢？一个独立健全的自我。太笼统了吧？是不是无政府主义者？噢！那太远了。好比说一只上了笼头套的骡子，在黑压压的磨坊里，每天毫无希望地绕着同样的圈子打转。这个我明白，但是只要给它足够的草让它吃，让它发情时交配，这样它倒很满足。人就不这么简单，人总是渴望自己照自己的意思到磨坊推磨子。但是一般人在本能上的需求，还不能达到绝对保障之前，不可能完全有个健全的自我。问题就是这两件事要在同一个时间进行。所以很多人痛苦想死。那么照这个结论，只有上帝才有资格笑笑。我什么都不信。假定这么说的，上帝的意义就是万能。那我倒很羡慕。

地上的报纸早被阳育划得稀烂,现在他又用刀子,在相思树皮上刻一只麻雀的图案,他认真地跪着刻他自己的名字,还有年月日。他脑子里比手上的刀更忙。

"喂!阳育!"他没有回头。他知道这个时候没有人会在身边。"喂!阳育。你说很多人想死,结果他们为什么还活着?"天气很热,他脸上一直冒汗。"你不是也是想死的一个人吗?"

"是的,我曾经想过。"

"我不能满意你这个回答。你只答了一半。"

"这些人,当然连我也在里面,他们都被一条脆弱的细线牵着。线断了,他们自然就要死的。"

"那一条线是代表什么?"

"可能是一线希望,或者是无知,说不定是缺乏勇气,要不然就是责任。"

"那么牵着你的那一条线是属于哪一类呢?"

"我想多听几次贝多芬的音乐,多看萨特以后的作品。"

"今天你刻的这只麻雀,是最好的一只了。"

阳育得意地笑了笑。

"你为什么喜欢这只麻雀?"

"不知道。我要刻东西的时候就会想到它。"

"那也是自我啊!"

"我十分赞同你的说法。"阳育很高兴。他看了看树皮上的图案和那几个字之后,又半躺下来。一时在这闲极的时候,握刀子的左手微微地在发颤。他显得很不安。

"怎么了?阳育。你不高兴什么?"

"喂!"阳育坐了起来说,"我发现一个秘密,人不怕死。人怕死前的痛苦。要是有人发明死不痛苦的方法,或是药品,我相信很多人马上想死。"

"还要他们死前不恐惧。"

"这也很重要。"

"你想死了?贝多芬和萨特你不要了?"

"他们太贵了。我付不起。"阳育用刀子修指甲。

"假如你死了。在这死之前你想唱什么歌?"

阳育开始唱起来了。但是他起音起得太高,所以没有办法唱完。他唱:

向东望大洋拥抱,

沃野广袤。
西仰那重山明媚，
远绕三方。
……

"这是什么歌啊？像母猪叫。"
"以前中学的校歌。"
"你怀念那个母校？"
"不！我被那个学校开除了。那个学校第一次开除的学生就是我。"
"你恨？"
"不知道！"阳育的眼眶湿润了。
"你很坏？"
"不知道。我只是把布告栏的补考名单撕掉了。"
"为什么？"
"我怕兰看到我的名字。因为在那前一天，我才写了一封信给她。我需要她的回信。我不能让她知道我要补考。"
"后来你离开了家，读了好多个学校是吗？"
"为什么那几个学校都不喜欢我这样的人？"

"我们换个话题吧！要是现在叫你想一个人，你想谁？"

"我的母亲。"阳育停了一下说，"我读小学二年级的时候死的。"

"你记得她什么？"

"没什么。不过她要是在的话，我可能不至于这样。"

"你这样想？"

"哼！我在痛苦的时候就这样想。"

"那么第二个人你想谁？"

"想我头一次买女人的那个女人。"

"她很美？"

"不是！没什么印象。"

"她让你满足？"

"噢！绝不是。我猜她至少大我十岁。"

"那你为什么不能忘记她？尤其在这个时候。"

"很可笑是吗？只是一种事的联想。当时曾给了她加倍的钱。"

"为什么？她给了你什么？"

"我的确不知道为什么。那时我刚好有六十

块钱。"

"这怎么联想出来的呢?"

"当时我忘了穿内裤回去。我可惜那件才买了两天的新内裤。"

"够滑稽的。"

阳育自己也笑了。他说:

"死也是这么滑稽,这么有意思那多好。"

"你想怎么才叫死不痛苦?"

"比方说就拿这把刀子。"阳育把刀口拿挨近右手的脉搏说,"我要是慢慢一下一下地割它,那一定很痛。"他一边说一边就那么比着,"要是我猛力一下子切下去……"说着的时候,阳育真的切下去了,连自己也不明白。"啊!我真的切下去了。真的切下去了!"他恐惧地放下刀子握住伤口。但是,暖暖湿湿的血已经开始大量地涌出来了。他惊慌地拼命往山下冲下去。太阳在他的眼前旋转,树也旋转,什么都在旋转。到后来只剩下一团昏暗在他的脑子里旋转了。

三天过后,当第一个砍柴的人,在相思树和一个大石头旁边发现这个年轻人的尸体的时候,他那深陷的眼睛，已经有几条在忙着还原肉体的蛆虫爬着。他的手，他的左手，却紧紧地，紧紧地握住一把生锈的小刀。

编按：《男人与小刀》，原发表于一九六五年一月《幼狮文艺》（标题未经作者同意被改为"他与小刀"），后又刊于一九六六年四月第十一期《台湾文艺》。一九七四年三月远景版的《莎哟娜啦·再见》中，黄春明以这篇小说当作序文的主要部分，并述及当初发表时被改标题的那一段插曲。

跟着脚走

回忆是一件快慰的事,
能回忆总是好的,
不管你想的是以前的飞跃或沉沦,
经过一段时期,时间越久越好,
像陈年酒从打开瓶盖闻到酣纯的香味
就开始满意了。

蓓蒂台风来的前一天午后,阳光仍然炽热得烫人。电台的台风警报的消息,安插在三个小时丙级的时间的流行歌曲的唱片节目里,使这个几年来深受暴风蹂躏最惨的宜兰,在这一天整条街都变成这个电台最敷衍的流行歌曲的节目听众。

我又放两条腿在街上行走。我很想喝一杯冰水,只是为了偶然发现冰店的玻璃橱子里摆着几只图案特别的杯子;几条线条极简单的蓝色的鱼的图案,它们安稳而悠闲地印在玻璃杯上。我想:装满水在杯子里鱼就可以显得活起来。近月来难得心情愉快。其实这种愉快的情绪,只是片刻间心灵上的即兴旋律罢了。一向都是十分恶劣的。

"喂!你们这种杯子装什么卖?"我指着橱窗里面引起我喜欢的有鱼的杯子,问那个见了充员兵[①]就叫哥

[①] 充员兵:台湾地区非大学毕业的到部队服役的男性青年。

哥的小姐；路过这里时我经常听到她这样喊叫。

"木瓜汁和芭乐汁都可以装。"收音机正播着她喜欢的一支歌曲，我猜想是这样的。那个小姐看着歌本回答我话时，我觉得我并没受到欢迎。不过这并不是我所要关心的。我听了她的回答联想到木瓜汁和芭乐汁这类不透明而浓浓的液体，装在这杯子里必定使这几条图案的鱼窒息死去，皱起眉头说：

"能不能装柠檬水？"我并不爱喝柠檬水。为了一种怜惜？想看到那几条鱼活起来？我不能确知我所要的。

"有！"她用最短的时间移开歌本瞥了我一下回答。

"给我一杯柠檬水，柠檬不必太多。把收音机的声音关小一点。"我走进最里面贴墙的一张桌子坐下来。在柠檬水未端来之前，我想象那装满了柠檬水的杯子上面的几条快乐的鱼。其中有两条在水里相吻的样子，我设想我和G的情形。小姐把杯子端上来了，恰好那一对我正想它的鱼正对着我放着。我没去动杯子在桌上的位置。我侧头趴在交叉平放在桌上的手，脸和杯子靠得很近。我想着右边较大的鱼就是我，小的就是G。看久了觉得鱼很大,大得有点模糊。杯子外边凝结的水珠,一颗一颗曲曲折折地从鱼身慢慢地溜下来,跌落在柏油路面的阳光,透过柠檬水和杯子,变成奇幻而朦胧。我用一只此时比较方便而不影响头的位置的左手,拿着吸管搅拌杯中,看来变幻很大的冰块的影子,使我的心情陷入一种迷惘状态。在这视觉完全陌生的领域,最急着要寻觅的就是熟习的声音。冰块碰着杯子叮铃叮铃地响,G在高兴的时候,笑声有点像银波这样。G,她很久没有这样笑过了。近个月来。

"我十分明了你内心的痛苦。"这就是未婚妻近个月来思索又思索,很想安慰我的只能说出的一句简单的话。虽然她亦感到这是一句极其微弱的安慰,但是似乎没有比这更妥切。她补充地说:"目前不必急着找工作。你辞掉记者的工作我为你骄傲,我喜欢你蔑视别人所不敢向现实抬头而抱着没有自己理想的死工作不肯放的。"

其实,由于我本身的痛苦不安所带给她的焦灼,我很能了解她说这番话的心意。我知道此时此刻的她更需要我的安慰。只要我显得爽朗起来,她随即就能快乐。但是令我更感到悲哀的是,她喜、怒、哀、乐的情绪竟操在我无意伤她的对自己的坦诚。责任和自我在此时此地的环境中形成两个极端的方向，我被撕着感到剧烈的心痛。我像是走到一条路的岔口，没有足够的时间给予考虑，我必须在岔路口选择其中的一条，而这两条畏途，竟是我在密密的路网中，从很远的地方一直走来的。我必须选择面前两条畏途之一，因为我不能后退；再也没有路可以倒退回去。那就是我最贴切地感触到时间这个东西的存在的时候，由它形成各种不同的形象产生力量在背后推我。所谓残酷，也许在这种情形最为可怕，丝毫不给予你考虑，我的脑也就等于失去思考力了。但当你踏出不能退回来的第一步时，马上你就明白：在极短的时间中否定了自己之后又不能站在相反的立场把自己肯定时，除了失去知觉，不然就是自暴自弃。我不能欺骗自己来叫她高兴。这是道德问题，所以我说：

"不！你不能了解我内心的痛苦。"她的手从我的肩上滑了下来，惊讶地望着我，而令我不能不马上接着说，"但是这和我们相爱无关，我和你一样毫不怀疑我们的爱情。"

"难道我选择你是盲目的吗？"她的声音颤抖。

"不是,刚说了,这完全和我们的爱情无关。"

"或者是我们还不够了解。"

"这点我们都尽了最大的力量,并且还不断地这样去做。"

"我不能明白你的意思?"她显得疑惑。

"有时我想到我自己的时候,也同样地不能完全了解自己。"为了使她更能明了我的意思,我又说,"这是很正常的。你是不是对你自己有把握?"她沉思了一会没回答。我又说:"我有时害怕想起自己。所以一遇到这种追杀自己的念头,我就想办法逃避。结果我发觉最有效的一种方法,那就是把自己当作别人唾弃他,骂得更恶毒更好。"我觉得我的话很容易令她发生误会和话意上的误解。我还想说下去。

"你似乎在谈一件很深奥的问题?我不懂什么叫作追杀自己的念头,所以你刚说的我全然不懂。"她沮丧地说,"我并不想知道这些,现在我只想到对你的痛苦我有必要检讨一下。"她毕竟是从那种古式的家庭出来的女孩子,她吃吃地哭了。她的脸很美,可是被泪水润湿的样子更加迷人。我难得看到她哭,也许我们在一起的时候太快乐了。不过有一天晚上,她一见到我就投入我的怀里，伤心地哭着说："我真想死！我父亲不让我们结婚。我没有勇气反抗他。我也没有勇气离开你。我真想死！"现在她又哭了。我觉得十分怜惜而把她搂抱在怀里吻干了她的泪水。那糅杂的、微微的盐味，顿时化开我内心凝结已久的痛苦，那只是片刻之间忘了自己，关心她的愉快。

我嗫着嘴唇就碰到杯子，吸吻像G脸颊上滑下来的泪珠。

"Glakis，我爱你的！"我紧紧地搂抱着她，我听到，我整个身体都感触到她生命里绽开忧伤的喜悦在跳跃。很久之后她说：

"我们订婚了，下个月就要结婚。但是我还没有听到你向我求婚。"她像知道我要说什么，很快地用手掩着我的嘴，"现在不要。等你自己觉得需要说的时候再说。"

"我一直觉得我说过了似的。"

"可是你没有说出口。"

"那对你重要吗？"

"我想可能更完整。"她立刻又修正说，"更完美。"

"我可以想象到，对一个女孩子也许太重要了。因为这句真心话不比其他形式的东西，它会活在你的心里。"她以为我就要说出求婚的话来时，又伸手过来，这一次把我的嘴唇紧紧地捏住了，并重复地说：

"现在不许讲，要等你觉得需要时，很自然地说出来。"我动动被力量夹住的嘴唇想说话。她更用劲地捏着不放。我想象到鸭嘴的滑稽样子，心里真想笑。

我随手抓到圆珠笔和纸写着：

嫁给我吧！亲爱的G！纵然我的嘴巴像鸭子。

她放开手抢去纸笔，笑着写：

讨厌的鸭子！应该把你关在笼子里。

我们就这样子开始做写字对答的游戏。我一直看到她又快乐起来了。我很快地伸手到背后的开关把灯熄掉了。房子很暗。我们根本就不需要光。

柏油路面的阳光死死地跌在那里瘫痪下来。柠檬水的杯子失去璀璨的光彩，在搅拌中再也听不到G的笑声。我开始抬起头来，看到冰店的小姐和另外一个朋友在低声地谈话，我猜疑地注视着她们。我想她们正在说我。她们互相望了望停止谈话。我移过来吸管把嘴凑过去吸了一口，目光还是盯着她。我本来就有一点气愤她们的鬼祟行动，再呷了一口苦涩的柠檬水之后，我又变得很不快乐了。为了避免同她说话，看了看墙上贴着的价目表，我在口袋里摸了三个圆板的一块钱丢在桌上就走出去。心里有点不甘，觉得上了一次大当，把一个好好的印象弄坏了。这时的心情比我发现玻璃橱子里的有鱼的杯子之前更加恶劣，我此时真想打破一件什么！或是去找一个男人打架，找节目科长吗，他太老了。让他自生自灭吧！找厦门的，找叶。我想到很多该揍的人，我自信可以好好地教训这些自私、奸诈、弄权、仗势的人。但不是他太太快生小孩，就是个子太小，身体虚弱。我恨他们为什么不比我强壮，这样我找他们打架的话，该不伤我的自尊。我要揍他们的，这个冲动逼着我脸发烧，心脏急促地跳动。我在路上走着。我想比我高大的人无意撞到我而不即时道歉的，我也要问他打架，或是遇见他们。其实在心里的某一部分，正为了自尊提防遇见他们真把他们揍了，甚至于避开走可能遇见了这些人的路。我绝不是怕他们，但我现在怕遇见他们。我怕他们了。

遮住太阳的那块大乌云，很快地被蓓蒂的前锋吹走了。在那后头太平洋上还堆积许多这样的乌云陆续地推过来，而乌云本身像熟睡似的一点知觉都没有。我们可以猜到上面的风刮得很紧，然而地面上却一丝风都没有。阳光出来时，在闷热中使你看见更多痛苦的脸孔。

无意间我来到车站了。刚刚有一班列车开往苏澳那边。经过十多分钟的纷乱，车站又归于平静，宽阔的候车室里的长椅子没有几个人坐在那里；坐在那里的或是卧在那里的，在我看来都像没有生命的东西被摆着。只有两个乞丐一大一小，他们正忙着数铜板，一个一个搁到椅子上发出的声音很清脆。我看到小乞丐的手被打了一下，很快地缩回去，老乞丐望了望我，对小乞丐说了些话。我觉得头上很凉快，抬头看到电风扇后，我就坐下来。

G，追杀自己的念头并不是什么意思，是一种情形，一种可怕和被撕裂般的痛苦。好比说，你有理想。不。再比方说，最起码你有良心，你想照良心来好好做事而环境不允许你本着良心做事。但你不照环境的意思去做，你的生活即发生困难。你照做了，你必受到自责。就是对良心和理想认真或是相反的态度，只要你想到自己就是在追杀自己。

我很后悔没有对G做这样的解释。G说不需要。小乞丐不知在什么时候伸手在我的面前，头像机械点个没完，我看了看对面的老乞丐，他很快地把脸转开。在我正想伸手到口袋摸钱给他的时候，小乞丐很失望地走开了。我感到歉疚，但我又不想叫他回来。这是一种极大的误会，我无法挣扎出得不到谅解的痛苦，再加上我原有的。我憎恨人的惰性，和过于自信。小乞丐不该不为一块钱多站一会，多观察我才表示失望，至少对于我。我这样想。

车站渐渐又来了很多人，连那个躺着的人的位子，也被人挤出来，他变成坐着，把腿缩到椅子上双手抱着，头就放在膝骨上继续他的睡眠。那两个乞丐又开始向每一位旅客求施，当他们来到我的面前就跳过向我隔邻的太太伸手，左右两个邻座的人都好奇地看着我。我也不客气地往返盯他们一眼。他们很快地望着前方，那种安详的态度，好像得到乞丐为什么不向我讨钱的答案。我想应该让我有权给他们捆个巴掌才好。我气愤极了。

当车站里的人挤得有点饱和时，来了四个服装醒目的人，其中两个中年的太太，一个小姐，和一个男士。他们在平时的服装上，套一件无领无袖的白色布袋装，在前后又缝着鲜红色的"神爱世人，我是罪人"等字样，手里拿着一叠传单向每一个人分发。我注意到他们没有分给那两个在车站里兜圈的乞丐而愤懑。他们拿给我传单时我装着没看见。我开始想到宗教的问题。

几年前，还没认识G，那时菊和我很好。她一天到晚把耶稣当着商品向我推销。我同她进过礼拜堂听雷牧师讲道；他说你们都有罪，上帝愿把他亲生子的血换取你们的悔过。我告诉菊说，我宁保持罪身而不愿再到礼拜堂受无罪的痛苦。首先菊很伤心，后来她骗家人说去礼拜堂时，事实上都同我到野地拿《圣经》当枕头。菊除了外表美丽，却庸俗得叫我难于忍受。从认识菊后我就开始憎恨宗教。至少任何宗教在给人信仰之前的手段是卑鄙的。抓住每个时代的人的弱点，使尽了恐吓、诱拐等等不正当的伎俩。我们可以想见一群盲从的人，被诱骗到邮轮的栏杆看海中群鲸喷水的景象，在这群人专神贯注奇景时，一下子全被推落到海中，而没有一个人发现凶手的真面目。当他们在海中挣扎求救之际,可怜的灾民只看到慈祥的人(就是推他们落海的元凶)把大批的救生圈投入海里。得救的人因而感激涕零。

我看到那四个目标显明自认为罪人的基督徒,满足自己工作而聚集在车站进口的梯阶上谈笑的神态,感到与此地此时的环境十分不调和而刺眼。我绝不是嫉妒。我在怀疑他们心地深处的真相。因为他们谦逊和平和的外表令人识破像舞台演员的职业表情。那两个乞丐走近他们,其中有一个表示在罪人的衣服上摸不到口袋。为这种伪善的动作,我不安起来。对这个地方,对我生长的这土地,现在没有丝毫的留念。我想到下一班的火车可能带我离开到什么地方去。

现在我又想到,一颗鸡心大的小子弹也许很有用处,并不是拿它来射杀一个誓不两立的敌人,而是希望子弹从自己的太阳穴贯过去,带我离开我现在所接触到的苦恼到什么地方去。家庭的破产,家人他们处在这个社会的一个小角落,他们成为一种原料被制造,但是我明白,制造出偏见,制造出观念的贫乏,逼不得已地无意地将这些无形的毒剂,很自然地由伦理的指针指向着大儿子的我施毒。当我用自己的手指扣下扳机,我死了。那到底是自杀？或是他杀？

擦鞋童见了我走近他，和接着看到我一直没擦过油的皮鞋，他知道不必浪费口舌。不过有趣的是他看到我顺着看到鞋子的刹那，完全是两个不同的神态，而改变得竟是那么快。我明知道留言板上不会有什么给我的留言，我已经站在那里。

玉金：三班车都没见到你，等你好苦啊！二十八日天民。

阿田兄：他知道你知道我知道。完了！再见二十八日。

哲：照你说的，祝你好运！二十九日。美。

我擦掉过了几天的留言，找到一根粉笔写几个字：

G：不知怎么地来到车站，突然很想和这里的人离开宜兰，我会给你消息，不要想得太多。二十九日M。

当我放下粉笔转过脸来时，发觉很多人在背后注视着我的留言和我。本来我很尴尬，但心里咒诅着他们说，关你们什么事。我一一地不怀好意地瞪着他们，相反地尴尬的竟变成他们了。

车站的旅客开始紧张起来了。他们似乎急着要离开宜兰随便到什么地方都好，他们怕赶不上车，他们心里一定很急，挤着买车票，挤着剪票走进月台。宜兰他们好像一点也不值得他们留恋，进入月台之后就像离开了似的显得安静多了。我为什么不和他们一起离开？前面的人买台北的车票，我也买台北的。在留言板上写的只是那样想，现在我真正地做了。想到我真正做了，看看握在手里往台北的车票，心里不免兴奋了一阵。而这种难于抑制的情绪，跟着从耳朵的鼓膜开始接受轨道声的轻敲到震撼，到我真正地踏上火车，它是一直直线地上升。火车向前转动起轮子，月台上写着站名的牌子在窗前移过，我很快地探出头向那牌子吐了一口唾涎。等我缩回头把背靠在椅上，我才开始向写上宜兰站名的牌子吐口水的行为向自己做了一番解释。虽然是属于精神上的一种象征我同意，但是同一组的动机落在行为的后头，实在感到奇怪。绝不是牵强或是巧合。

不知什么时候，我迷茫的眼睛接触到斜对角的座位的一双女人的纤腿之时，有人喊我名字的声音，使我猛然地撞到现实的坚壁上，脑子一阵昏暗地同那个小学的同学谈了几句。

"到台北做什么？"

"没有！"

"没有？"他把声音扬得很高。

不知从什么时候我们就停止谈话了。他坐在那里脸上仍然有点气愤。我并没有骗他。到台北，不为什么。问我一百次我的回答还是到台北，不为什么。永远一致的。那个女人的一双纤腿又映入眼帘，我又想起了G。火车跑得越远不安的张力越大。不过当我想到和G过去愉快的时光，我又同上了火车时一样的兴奋，像我第一次参加毕业旅行那么快乐。

G有一双光滑和细致的且很能诱惑我的玉腿。我计划了好久才实现带她到武荖坑里边去游泳。头次看到她完整的双腿之后使游泳的兴趣大大地减杀掉。那时起我更坚定了要同她结婚的信念。说真的，G确实富有一种能激发起我的欲望的罕有能力。这就是我打败她裙下的百万富豪的子弟、年轻的医生、自认大有前途的留学生的至大的原因。在G来说，我使得她的生活面扩大了。

我带她到过台中看我们高级别的橄榄球赛,她感动于男性,那种由纪律、血、牺牲力和奋斗所构成的场面。记得初胜高雄队的那一场,她不管有多少热心的观众围着看我们,她含着满眶的眼泪跑过来,以颤抖的双手激动地抓紧我的肩膀哀求我说:

"我求你不要再打这种球了。"我可以看出脸上的肌肉反应她内心的矛盾而抽动。

"你没有看到我在这个队里的重要性?"

她点了点头。身边的球员,有一个说:"嗨!我们队长属于这个球队的那一部分是你不能占有的啊!"大家都哄笑起来了。正在这时候,高雄队的四号手提着球鞋,身上还穿着球衣,同同队的九号从我们的身边走过。我把G推到一边说,我去办一件事。就站起来走出这个由胜利的喜悦所形成的圈子。我喊住那个四号的球员。他们站着不动的那种姿势就像早有准备。我一点也没猜错,他是来示威的。当我走近他距离有三步的地方,他一个大箭步,将那钉有钉子的鞋底朝着我的脸孔闪电般地劈过来。我左手一架,右拳击中他的左颊,左拳接着落在他的上腹,只听他嗯了一声就瘫软在地上。这时我才听到G没命地喊叫的声音,她被同队野猪和和尚把她抓一边使她挣扎不开。我的左手背受了鞋钉击伤而流血，G什么话都不说，一直吵着要回家。同队还在旁边赞赏我刚才那利落的两拳，野猪很兴奋地反复地比着那个动作。我向G说明那是不得已的事；对方那四号的在连续三次于战乱中都趁机踢我下部的要害。发生第一次时我就警告过他了。G到底是女人，对男孩子的事情还有很多地方不能谅解。G的腿比那个女人的更美，现在我就觉得那个女人的腿欠缺一点抽象的什么东西。

　　回忆是一件快慰的事，能回忆总是好的，不管你想的是以前的飞跃或沉沦，经过一段时期，时间越久越好，像陈年酒从打开瓶盖闻到酣纯的香味就开始满意了。再到了醉醺醺的时候，忘了时间还以为自己就在那个时间里咧！我是忘了我在火车里。上火车的那阵喜悦已经由回忆来替代。是的，我是看到窗外的山。但是那山并不在我现在所看到的地方。我背着晶体采访录音机，和G（当时我还不叫她Glakis）还有七八位金洋村的山地同胞，其中有一个国语说得很流利的山地青年的村干事，由他做向导带我们深入金洋去采访。因为对政府的一份报告表示怀疑，我想由自己深入山区去了解金洋山胞和土地的感情的实质问题。我没得到上级的支持，有的话只是敷衍地让你发泄年轻记者的正义狂而已。

我们在山区过了两天充满新的感觉的日子。最愉快的是我们得到了一个听起来悦耳的新名字，她叫作Glakis，我叫Miyasa。这个名字和我们联得很偶然而适合到了极点。当时我听到山胞们以惊喜的口吻说出Glakis Miyasa（那意思是小姐真美。当然是在赞美她），我就决定以这个美妙的音乐来作为我们两个人的名字。很早以前我们就想取个特别的名字让自己两个互唤，但是绞尽脑汁始终找不到理想的名字。现在可得来容易。因而内心里不由得涌出歉意，这两个名字使我觉得，它已在这山中度过几百年或许是几千年原始的岁月，等待着我和她来这里取走。我把这个意思告诉了她。我看她很激动。当我们回来还在群山的途中，我兴奋地高声地一个音节一个音节，而清清楚楚地喊"Glakis"，她也和我一样地喊"Miyasa"。山谷间的回音更像音乐那样迷人。我们不厌其烦地反复这样呼喊。有时变变音调加进简单的旋律，送我们下山的几个山地姑娘和年轻人也觉得有趣而参加呼喊。就这样，就是简单的我和她已经被感动得泪流满面了。从这时开始,在我们两个之间,就不再用那由前辈给我们的名字了。我叫她"Glakis"的"S"不发音,她叫我"Miyasa",从此我们谈恋爱时我说:"Glakis,我爱你。"她说:"Miyasa,我爱你。"这样,就是这样,我们就醉倾倾地跌进幸福的深渊。

我根本不计较车跑得快慢,不埋怨台北有多远,火车就一直不停地打转我也无所谓。除了少数他们是不快乐的人,不安与焦虑诚实地显现在他们的脸上,坐在那里手脚软瘫瘫地表示无可奈何。有的人一个站名一个站名都要认真看得很清楚,而我根本就不去计较。我从来就不知道不计较的态度竟是一种处在旷阔无边的享受。在我所属的车厢里,我隐约地听到由晶体管收音机所播出来的音乐;是一支我最喜欢的萨拉萨蒂的小提琴曲《流浪者之歌》,可惜已经近尾声了。G和我一起听音乐时,时常听听这支曲子。G很有趣。我爱什么她就爱什么,我晚间在屋子里听古典音乐唱片喜欢戴太阳镜,她也买了一副太阳镜。偶尔她也学我抽烟。G真好,我很爱G。

Glakis就是这样一步一步从现实中把她带出来走进理想,走进艺术的领域,她的眼睛开始亮起来了,我带她走到一面镜子的面前，看到自己真实的面孔，触摸到她想触摸的，而那种感受的真实，是她不曾想象过的东西。她告诉我她注定要嫁给我了。我告诉她那不是注定，是我们努力争取的。她很爽快地同意这种说法。

我对G的爱的需求近于一种贪婪，我不敢想象失去她的爱，更不敢想象有一天她投到别人的怀抱的情形，那样我一定会死掉；我将不告诉任何人，趁黑夜悄悄地走到很远连我也不知道叫什么名字的地方，让我消失，最好是化着一缕烟。火车窗外遥远的野地，我看到淡淡的带有一点蓝色调的烟云袅袅上升到天上与云相接。我心里想："就像这样。"我低头看看自己身体的各部分，尤其是没有遮盖的部分，除了用目光去感觉外，还用手去抚摸。实在是难于想象到实感化成飘渺的烟的过程。我强烈地看着自己的肌肤，加一点力量摸着它，像它们就要和我的意识分离那样，引起内心的激动，而这种刺激几乎连自己也要误会是一种意淫，其实不！绝对不是那回事，像两样不同的香水我们不能分辨那样。

但是，我又想到死时期待G能来看我一眼。最好不要吓她，她一向是很胆小的。于是当我的灵魂走出我的躯壳后，我的灵魂会矫正尸体的姿势。当然我会选择有玫瑰花丛的地方躺下来。当我的灵魂走出的时候，他很不满意我的躯壳的姿势。他觉得直挺挺的太呆板了，也有点吓人，应该是侧卧，把右手缩到头底下当枕头，左手就沿着身体让它很自然地垂下，腿稍微弯曲一点，不要齐，就像睡觉。对了，头发弄整齐，眼睛闭好，用眼泪把上下睫毛黏牢，脸部的肌肉全部放松。头最好低一点。我的灵魂退后几步看了看，他觉得很满意。温和的阳光穿过花丛的枝叶投射，像撒满了花瓣在死尸的身上。灵魂一边说，眼睛地方的阳光会把泪水晒干，一边去移动枝叶把那一束阳光挡住。然后从阳光那里得来的灵感，摘了几朵玫瑰花把花瓣撒在尸体上，他又觉得头似乎过低，就去把它弄好。他说，就是这样，不要动。噢！我深信你也不会再动了。灵魂轻吻着尸体的脸，你等着，G就要来看你了。我将躲在树后，偷看G为你悲伤哭泣。我会告诉你G还是深深爱着你的。G为你的死哭泣。

"先生，车票请借给我。"我肩膀被摇撼。我茫然猛一抬头，两颗泪才滑下。那个受惊的查票员以最客气的声调说："对不起，请把你的车票借给我。"我知道他为两颗眼泪觉得冒失，还有一点那种他所想象的我悲惨的遭遇的怜悯的表情。我以近乎粗鲁的动作把票递给他。因为我太憎恨笨人的过分自信所造成人与人之间的误会，而这种误会却随时随地都在发生。尽管是善良的一面，可是其愚蠢的程度和其造成的后果是难予原谅。心里的剧动很快地由绵绵不绝的思维而因它被冷落而平息。那位女人的双腿打开着。G才不会那样糟蹋她的双腿。

　　目前，G给我的爱实在太丰富了。细细地想起来我是世界上最幸福的男人，然而我不只怕她失望的线拉得很紧，在责任的负荷也感到难于承担，我想她所给我的不是平平做个听话的丈夫就够了。同时她的某种不容易让我接受的成见也偶尔会夹在爱我的冲动中，使我惧怕而不予接受时，令她误以为抗拒她的爱，致使她伤心地来刺痛我。当女人的爱和她的成见掺杂一起，被爱而自己也深爱对方的男人就像一只极饿的狗，眼望着通了电诱它垂涎三尺的牛肉，不敢趋前亦舍不得退后，毫无办法地由矛盾宰割它的心。G也没能例外，我牺牲了自由在窒息中挣扎。我怕她的爱，但我绝不能没有她的爱。要是她的爱能不这样连锁恶的循环给我紧张该多好？不！这样才像人，人是很多矛盾的因素所构成的。尤其在爱情里面。后来我这样安慰产生疑问的念头。

下得很疏且大的雨点连着几个打在我的脸颊，有点像挨了丢泥巴的微痛。过了一下阳光又出来了，有时雨就在阳光下落着。天边挂着半截的彩虹，家乡那里的渔夫叫它做"无尾猴"。出现无尾猴就是台风将来的预兆。是的，收音机说蓓蒂明天要来。很多靠窗的旅客探头出去看那半截的彩虹，抹一脸颜色扮演同一类的角色。此时没有其他的事比明天空气中的剧变令他们更关心。他们过去的经验是惨痛的，何况据报道蓓蒂是强烈的台风，那个电台的播音小姐以颤抖的声音说："风速每秒一百米。"我相信他们都听到了。

风力在火车每次停站时逐次显得增强，这并不证明越往北风力越大，车上的人每一个都知道蓓蒂已经一步一步接近他们的家园了。先是呈褐色的干松树子掉下来，后来连青青的也落尽了。这些松树子落在红土的草地上蹦跳的样子，像它们高兴刮风似的跳舞起来，结果强风把它们扫落斜坡聚集在不通风的土坑中，它们竟变成很不高兴的样子。这些像小孩的松树子，一会儿嘻嘻哈哈，一会像迷童思家的忧伤，想起来禁不住喜欢和怜悯。弯下腰拣几个放在掌上玩。于没有生命的东西找出几处和活人的共同点，死的东西也像活起来。G！去寄信给你的心是多么愉快啊！能这样去观察松树子的微妙的思维，只有在受你的爱的时候才能产生，我所看到的世界，和你所看到的一样充耀着玫瑰色的光辉是不是？

握着几颗松树子在手中就觉得暖和的日子已经是两年前的一个台风前夕。两年来我们只有相爱更相爱。火车窗外的松树林在风中颤动。我想它们一定在颤动。因为我拣松树子时整个松树林就是那么不自在。

又一阵骤雨打下来了。在这一车厢里我是最后一个把窗户关起来的，倒不是为旁人不高兴的脸色，那是我关好窗户后才发觉。几乎是密闭起来的车厢，整个气氛沉闷得糟透，这与每个人的心情有关系。可是看起来更像因每一粒空气的分子在每个人的肺部跑进跑出而渲染的。这个想法使我急得再把窗户打开。骤雨停了。我更有理由打开它，天虽然放晴但那是短暂的，和骤雨一样，天空已为残淡黄昏所占住，在层层飞跑过去的云雾背后投射过来的阳光，从铝质窗沿反射过来的已经失去了如长刀迫在额头的感觉。

这个列车里面开始有人叫卖台北的晚报了，那是和往苏澳的列车在车站交会时转过来的。听那个卖报的人的叫卖就知道他干这一行已经很久了。他激动的叫卖声颇能撩起听者的购买欲。最新台风消息晚报。报纸一张一张在男人的席间摊开，特别是这一次列车里，旅客们心的趋向和表情上的一致，在杂乱中还能感到某种程度的整齐，我想到他们是一队开往前方的兵士，看看他们埋在报纸里的脸沉重得抬不起来。

到目前为止我并不觉自己孤独地徘徊在自己的经验中。虽然这是一件极容易引起痛苦的事，但却感到欣慰。因为我毕竟和他们的不同，我这样想，这就是致使他们在生活上遭受到折磨的经验而过着机械式的生活。坐在旁边的年轻人很有自信地把报纸递给我等待收获我回敬他的感激的神态，逼使我重复地一再为愚蠢的人的过分自信和误会而生怒。我连看都不看他一眼，把头伸到窗外的雨点与暮色中，蘸到新鲜的感受而确认自己此时所处的内外。对那位年轻人的想法，我只能留给自己做多方面的猜想，他的情绪并不能引起我关心的。是的，我没有房子，我还可以说我没有一点财产，除了我的生命，强烈的台风并不构成对我的威胁。至于我的生命我认为是坚韧的，这可以从我挑担的痛苦来证明。还有一点更重要的是当你认识生命本质之后，对于不可抗拒的死亡还有什么可怕存在？相信这种看法绝不可能令人误会我在强调贫穷的好处吧。我没感到自己贫穷过，直到那天晚上G用跑的来见了我就欢喜地流着泪说：Miyasa，父亲他们终于答应我和你结婚了。没有人能比我更了解她此时不能安静的喜悦。G也想象我如此。但她却被我反常的冷静吓住了。从来不曾想到的现实问题，由G的喜讯一并带来了。像她这样美好的女孩子，在现实的生活中可以过得很好；见了她的人必定这样相信。我怀疑G是否改变过来能够同我生活产生协调？即使没有而产生痛苦，就于她那一边来说，我必受一辈子良心的谴责。我严肃地把自己的感觉告诉G："亲爱的Glakis，很对不起，我应该比你更高兴才对，在这来不及高兴的刹那间，我突然感到我是全世界最贫穷的人了，不但是感觉，事实上也正是如此，这是我一向所没发觉，相反地始终自认是富有的。我明白这心理的矛盾是因为从此之后对你我增加了现实生活的责任。因为我深怕你在这生活中失望和痛苦。因为我太爱你。"

此时G投入我的怀抱中的感受特别沉重，那不是G的部分，是切切实实的现实压得我不能通畅地呼吸，我想我就要这样慢慢地窒息。

"我怎么证明我是完全受你改变过来的人呢？我是完完全全改变过来了！请相信我，Miyasa。"G这样告诉我。突然我又觉得在怀抱中的G竟轻得没有量的实在感，我是多么希望她重重地把我压死也无怨。我们用无数的甜吻庆祝我们的成功。

强烈的台风是不可能威胁到我的。对上火车的动机我希望修正；我不是跟这些人离开，是火车带我离开到什么地方去。这种修正的必要性是旁边的年轻人尽量让出空位挤向一边的坐姿使我这样做。

一个特别醒目的旅社市招在一个大镇的上空由窗口闪过。我的目光驻足在那里任火车拖着跑到看不见。当然，那绝不是和G头一次去住过的旅社，那是不可能的，我们从来就不曾想到要来这个地方。

当我们在陌生的城市的街道，觉得无处隐藏内心的冲动时，我们已经来到一家旅社的门口。我看到G的样子我不能不小声地说："至少我们两个并不认为这是不正当的事，看你现在的样子，这些女侍就认为我们的行为是暧昧的。深呼吸，想一件好笑的事情笑笑。"G笑了。她说："就以你这句话就够好笑了。"

记得那间有两扇窗户可以看到街道和工厂的大烟

卤的房间号码是三十六。G一看到就说那是我球衣的号码。事实上G并不轻松，对这种新环境她似乎在精神上做了很多提防。以我对她的经验唯一叫她不紧张的办法是说故事给她听。她说我是她所遇到的最能说故事的人。这次说的故事我记得很清楚，那是一则神话故事：

从前有一个艺术家，他找到一块最好的大理石之后，构想怎么去雕刻他想象中最完美的女人像。经过一段这位艺术家的毅力和大理石顽强的意识拼在一起而不算短的的时间，最完美的女人形象显现出来了。艺术家为他的美所感动，竟苦苦地爱恋这无生命的石像几近发狂。神感动于至美的爱情，就在无名的小野花也不忘开放的春天，把生命贯注给石像，他们终于结婚了。

G怪我怎么不早告诉她这个故事。我告诉她说，必须看在什么样的情形下才决定说哪一类的故事。这是气氛问题。她又告诉我说，她觉得这个故事很像我们。我就是艺术家，她就是后来才有了生命的石像。我听了很高兴。

前天我告诉她说：

"为了结婚后的生活，我到台北去找工作。"她知道我一向就讨厌台北的诸多原因。所以她问：

"是你真正愿意的吗？我和你一样不能忍受在台北的生活。"

"为了将来的生活，顾不了愿意与否的问题，现在你必须现实一点。"这种话是多么违背着我的良心啊！

"太可怕了！"她的脸色那时变得苍白，她强装冷静地把旅社三十六号房间里我说给她听的故事重新说了一遍给我听。但是结局是这样的：因为神迟于给石像生命，当石像得到生命时，多情的艺术家早已为他的爱恋渴死在石像的足前。她抱着艺术家的尸体悲哀地呼唤，求神急于收回她的生命。

"我是受你改变过来的人，当你把我带到这美丽的陌生地方，你竟把我抛在这里跑开。"毫无办法妥协，她的话就是把我的话再复诵。握着自己的真实感消失了。我怎么再建立自己呢？我在G的面前感到惭愧。

这班车的终站台北到了。当然我不是为了来台北。我是希望离开宜兰到什么地方去。而那个地方显然就还没有到。当我从车厢的阶梯踏上月台的刹那，几乎不知道它究竟是发生了什么；心里所感触到的只是由极度空虚与绝望，且去推测产生这种情绪的事件本身的严重性。所谓的那个地方可能就不占任何空间和时间。我咒诅自己。我受骗了，我是受骗了。被潜在身体里的血液的人类愚蠢的过分自信欺骗了。解脱精神的桎梏的假定，对一个苦闷者多么具有诱惑。

除了我，所有下车的人，他们步上月台的脚步是那么轻快，已经像回到家一样。此刻，我怀着悲哀的心情，再也不想到哪里，一心一意只想回家，回到G那里。我重新再经验迷童在陌生的环境中哭叫母亲的彷徨。Glakis，假如你能明白现在我想你的心，相信你必定高兴。在感觉上我似乎就没有离家离得那么遥远地变成如此迷失。

台北站的人潮仍然和往常一样拥挤，电信局的服务台围满了打长途电话的人，叫我等得心都焦了。好容易才拿到听筒，在还没接通的短短时间，我已觉得握听筒的手在发麻，好像唯有这样用力把握才能令我安定。我看到紧握着的手臂绷得紧紧的，苍白得一点血色都看不见。

终于，对方满带着感情而纤细的声音，从遥远遥远的地方奇迹般地传过来了：

"Miyasa。找你好苦啊！你怎么一声不响跑到台北？"

我听到她的声音可以想见她是多么激动地在那里哭着，旁边的同事骤然停止他们的谈话，大家的目光都集注在G的脸上，有些人在摇头表示叹息，也许有人在心里说，怎么去爱上一个只能折磨她的男人呢？想到此不能抑制的愤怒使我片刻的沉默。G在遥远的一边急得说：

"Miyasa。讲话啊！我多么渴望你的声音，Miyasa。喂！电信局，电信局！"卡夹卡夹，连续按话机的活动键，"喂！喂！电信局！"

我不忍心她的心受焚，我再也忍不住沉默地回答说：

"Glakis！"只这么叫了一声，我变得脆弱起来了，像一张薄薄的纸，一点一点慢慢地被撕开着。

"你发生了什么事？你安好吗？"

"我很平安。Glakis，我很想马上就回到你那里。"

"快点回来。Miyasa。还有一班最后的列车。"

"还有将近一个小时,我一定乘这一班车回去。"

"我一定到车站等你。"她兴奋地说。

"一定来等我。"能早一秒就早一秒见她。这时候在我一秒不见的时间就够冗长。

"我一定去等你的。"

"一定。"我加强地提醒。其实这是多余的,她必定这样做。所以我的提醒使我感到对她的不尊敬而起歉意。

"一定。"她很快地又转变语气问,"台北的风大不大?"

"已经渐渐地增强。"

"蓓蒂台风明天凌晨三点钟在宜兰附近登陆,气象局已经发出最后的紧急警报。"她的声音显得不安。

"那时我们已经都在一起了不是?"我安慰她说着。

"回来的途中还是小心,风越来越强了。你安好吧?"

"我现在很好。"

"快点回来。"

"我的心已经先回去了。"

"我一定到车站等你。"

"一定。"我又提醒似的说出口而歉意又刺痛着我的心。

"你这个人真害人不浅,回来时一定好好惩罚你一顿才甘心。以后再这样不声不响跑掉我真的会死掉。"她娇嗔地说。

"我在宜兰车站的留言板上给你留言了。"

"说些什么?"

"不浪费这个时间吧。"

"我要去看。"突然她想到什么地,"你还有钱吗?"

"我想还有一点。"事实上我还不确知。

这时候,话机嗡嗡地通知一次的时间已到。G抢着说:

"好了,不要再谈了。到时候我一定到车站等你。"

"一定。"我宁愿心里受点刺伤,也不愿意放弃多余的希望。对G我是贪婪的。

心里总算减去了部分的彷徨,但对整个不安的心情来说,那是丝毫没有影响。我不敢相信我能够静静地度过五十多分钟的时间。因为我不知道在这一段空白的时间里做什么好。坐在车站干等吗？那岂不是等于一秒一秒从一数到快三千六百下一样枯燥的难耐。

不过还有一点安慰就是，我一定可以坐到最后一班车回去。G一定会来车站等我。很久没有尝到成功的滋味，信心早已丧失了。但是，现在想到电话中G说一定的，我也说一定的，两个人都是这样肯定，心里无不小心眼些拣到这么一点点事当着恢复信心而自满着。脑子不厌其烦地念着：一定，一定，一定。

天将暗下来了。台北市的街灯在昼与夜相隔之间，早已完成了桥梁的任务。街灯在红灯底下紧紧地挨得很长，在绿灯底下仅仅使人感到像一条爬虫在蠕动，因为它们的行动是那么一致的慢。在路口的行人一下子就挤了一堆，散了又挤了一堆，由于时间的均匀，与行动的规律而机械，我想起曾经参观过的工厂里的拖带[2]在分配给工人的工作。我觉得台北在蓓蒂台风将到的前夕和平时没有什么两样，像是在他们的脑中根本就没有蓓蒂台风似的。这种镇静的形态，使我意识到整个台北对我

---

[2] 拖带：台湾地区某些工厂里设置的管理岗位。

的敌对，故意在我的面前呈现它的优越感——什么事情发生了再说，我们都在家里了。我开始对自己怀疑了。假定我在此地谋到一个工作，我是不是可以承受在这环境中生存？我的结论是，我今天晚上一下车就要告诉G说：我讨厌台北，我不想到那里工作了。以后干脆就不提台北两个字，在那种发展不平衡的地方，人一投到里面情绪上也会跟着不平衡的。我们都不想做台北人对吗？G听了将多么高兴。她一定会来车站等我。我将再看到她高兴的脸孔。

又一阵风撒下豆大的雨点，路面在街灯与车灯的照耀下笼罩一层低低的茫雾。出租车顶的黄灯像萤火虫在暗淡而湿淋淋的空气中浮游。我身上就没有足够的钱，否则这时我一定会喊一声"Taxi"！一直开到宜兰。做一次痛快的豪举。我真想马上见到G。可能是安慰自己没有足够的钱，我对自己说："不！和G在电话中约好了在车站见，她一定会到车站的，一定。"

我不敢走得离车站太远。我已经告诉G说，今晚一定乘这最后的一班车回去。其实走离车站并不远，心里甚怕赶不上车就折返回到车站。我想先买好车票就排在售票口的几个人后面，早做一件事早打发一段时间。轮到我站在售票口时,我将身上仅有的十二块钱掏给那个人,他很不耐烦地问我到哪里。我说到宜兰。

"宜兰十九块!"

"十二块能买到哪里?"我紧张地问。

"福隆!"

"就到福隆吧!"

他以很快的动作经过两下金属碰触的声音后,看都不看我一眼将车票丢出来。我手里握着这张半途的车票,心里极力地在做着挣扎。我必须回到宜兰,G一定到车站等我。无论如何我得想个办法,回到宜兰再补票。那时候G也在车站。

另外我也想找个熟人借上十块钱就够了。我在车站不难找到熟习的人。确实是不难的,当我的视线开始在人潮里搜索,不到一分钟就发现了三个:一个同人挤在电视机底下看节目的年轻人是县政府的职员,坐在电视机底下看晚报的是一个小学的老师,还有一个像把一堆肉摆在椅子上的那是集德布行的老板,他两手放在肥肚皮上,两脚交叉着无意识地摇动。不知不觉我已走到他的面前了。他一见了我就喊记者,我告诉他我辞掉了。他问我有什么高就?我说失业中。他笑着拍我的肩膀表示我故作神秘。我想老板这一关已经跨了，一开头的话就偏了，要是我向他提出借十块钱的事，他一定又要拍我的肩膀而笑得更大声。如果我真正认真地向他说明的话，以后可能发生这样的谣传说：那个失业的记者专门在台北车站向人东借十块西借二十块。像这类说别人的话我曾经听过几次，我绝不能忍受这种谣传。所以要向他借钱的念头只在心里头一闪就过了。当我走向小学教员蔡的时候，某种惊异的心情突然阻止了我，并把向人借钱的念头完全打消了。就像最先自己决定那样，回到宜兰再补票。G一定来车站等我。

　　我有点后悔和气愤自己。想到适才自己失去昂然的小丑样在心里涌现不休的滋味实在难受到极点。我走到看不见他们的空位坐下来，默默地过了一段不算短的时间，一直想着一旦我失去了意志的时候，我也变成我一向所瞧不起的可怜虫，甚至于变成另一个更极端不同的人，同现在的我住在同一躯壳，时时为同一件事采取不同观点争执不停，直到躯壳腐烂而跟着消失。这个意念又重新引我进入痛苦的根源，被一团黑暗的某种奇重的东西压在下面似的嘈杂中我只听到频频急促的喘息。另外一个熟习的朋友走过来坐在我的身边。但此刻说话的欲望全部离开我。最后他说进月台吧，时间差不多了。我看他进月台之后才动身。我黑暗的心中开始显露归途兴奋的光，但是过于急于回去的焦灼，那份喜悦一下子趋于暗淡。一阵骤雨正下得起劲。整个月台没有一处是干的，所有的旅客都躲在天桥和楼梯间避雨。

　　火车从车库进站时，这里发生了一场最原始的竞争，大部分年轻的男人都占到位子了，还有几个老年人和妇女能得到位子坐，那都是年轻的男人的某部分的优越条件所赐。我用手压着旁边的空位。一个戴眼镜的中年人，以讨好的笑脸迎过来问我要位子坐。他的长相太像科长了，我没去理他。他仍旧站在那里眷恋这个位置。有一个打扮入时的小姐从车厢的门口走过来，一路索寻空位。她来了我把位子让给她。我一见到她就想和她坐在一起。这时我还是很想G的，没有别的能攫取这个位子。但是我喜欢和她坐在一起的心理并非对G的不忠，为什么？我想这是自然吧！淡淡地打量了她一下，我就不再想到她了，虽然我看出她愿意同我一路聊天。

　　整个车厢好像只有我旁边的一个窗户，我把它关了整个车厢就是密闭的。可是外面的阵雨大得我的心无法叛逆，我还是很不高兴地把它关了。里面很闷热，车顶上的电风扇很吃力地搅拌着混浊的,而每一粒都膨胀得很大的空气。我知道我现在的心理正处在最易生怒的状态。因为我觉得我把什么事情都弄得一团糟。我看着玻璃窗等雨停歇就要把窗子打开。雨点重重地打在玻璃上,水急急地往下流,远处偶尔有闪电。我的上半身映在玻璃窗上,那双痛苦的眼睛直瞪着我。这完全出乎我想象的一副神情,整个侧脸的轮廓的线条表现出夸张的削瘦。我被那冷淡而敏锐的目光逼得不安起来。

一定,一定的意思就是不改变。一定回去,那就是说只有回家一条路了。我这样受忧虑逼着向自己提醒。手里握着半途的车票,心里实在有说不出的难受。从我懂事至今,就没有像此刻这样渴望回家。不是为了家乡天空的云,兰雨[③]之类,我所谓的家就是有G在的地方。或许是一种自私,只要G能少一份悲伤,我也就能少一份痛苦,我怕G因我而沮丧流泪,不要说我看见,在想象中见了她的眼泪我心即在受苦刑。但愿还有大部分的情感合并在一起,叫G能感到它的存在。其实这一点不用我再担心,我们的关系完全是依靠它建立起来

[③] 兰雨:这里指宜兰地区下的雨,出自当地谚语"竹堑多风,兰地多雨,谚谓竹风兰雨"。

的。我怕，我怕我使G伤心，我更怕今晚她在车站见不到我而哭泣，这件事我不难想象：

　　火车终于到达宜兰。G同许多来车站等人回来的人挤在栏栅边，用脚尖站着且伸长着脖子，两只焦灼而闪亮的眼睛，在每一节车门跳下来的人群中搜寻我的影子，每一秒每一秒过后，她的脸绷得越紧。到站的人涌到收票口，挤在旁边的人，一个一个都等到他们所要等的人走开，栏栅那边只剩下G苍白的脸。车又开走了。最后的一个人把车票递给收票员后，月台就死了。雨下得很大，风刮得很起劲。G长长的乌发散乱地覆盖在脸上，像她心头的思绪。她顿时觉得一阵晕眩而掩面蹲在栏栅底下。在风和雨的狂啸中她听到我告诉她的话：Glakis，我一定坐最后这一班车回来。你一定到车站来等我。G放下手看那死得更深的月台，这时映入她眼帘的栏栅和月台上的铁柱都变得曲曲扭扭的。她拂去泪水，不一下子在她视界里的任何东西的形象都变成那么怪诞而失去原有的个性。她始终不能相信这件残酷的事实。她双手把我的那一件咖啡色的夹克、我的雨衣和她的雨衣抱在胸前走进雨中任风雨吹打。在她受创的地方泪水不断地涌出来，使得她在她的脸上无法分辨雨水和眼泪。Glakis, Glakis！当然，她不可能听到我的叫喊。Glakis，太晚了，尤其在这种风雨你不该往那里走。快回家吧，回家吧！她当然不可能听到我的叫喊。她已经踏上我们以前经常在那里捉萤火虫的河边的路上走去。那时我们捉到一二十只萤火虫之后，就带回我的寝室，把门关上，把灯也熄了。然后把萤火虫放在屋内，让它们任意穿梭在我们的幸福中。她真的往那小路走去。Glakis，你回家吧。我恳求你，我恳求你。这时我听到我在想象中的呼喊而惊醒过来。我很自然地回过头看到旁边的小姐也惊奇地望着我。她问我："你做了一场噩梦？"我闭着眼摇摇头。我的意思是说那不是梦，我预感到一件可怕的事。

Glakis！片刻也好，你该让我安静一下。我之所以不安痛苦都是为了想她。我把头靠在窗上，把腿伸直，想从此放松一下。但是不知在什么时候，我又恢复那副紧张的坐姿，心里觉得这也不是，那也不行，整个身体一直不停地在动，对整个车厢里的情景难耐，几次曾想下车跑向G。在感觉上火车的速度总叫我不能满意。事情总该有个变化，不是叫我爽朗起来，就令我比现在的情况更恶劣，老是保持同样焦急难耐的程度不变，整个精神就将崩溃。可是谁都做不了主。这件事好像怎么样开始就必经过怎么样，再做怎么样的结束，一切事先都有了安排似的，急也发生不了作用。我这样想。当这种意念掠过杂乱的脑际之后，刹那间我觉得自己平衡了许多。从上车到现在我第一次察觉到火车刚刚从一个站起步。外面的雨暂歇了，风仍然刮得很强。我打开了窗户，把头插入黑暗吸收一点新鲜的空气，而尽可能地让上半身也伸出车外。这时后面有人把我拉着，当我缩回头，那位小姐就说："由于你刚才的自言自语和现在的举动，使我构成一个很可怕的联想。但愿那不是事实。"说着就探过身来替我把窗关上。在我还来不及说什么的时候，查票员已经从背后来了。他向我要车票。我心里一怔，他已看出我是出了问题的人了。所以他再次地并且脸上无端地显出得意状，催我要车票。我心里想要是还没到福隆就好了。我向窗外看想知道我现在到了哪里。他接过我的票之后就把车票握在手里说：

"福隆刚刚过去了。你可以在大里下车不必补票。"他很得意，他一定在想我是投机分子，这下子要使我难堪才过瘾。

"不！我到宜兰。"我恨愤他有意整我的态度。

"那么请你补票。"他以一种悠闲代表此时优越的气势逼我。

"到宜兰补票,那里有人等我。"

"对不起!"他揶揄地说,"我很想帮助你,但是这是一种规定,对于我们是一种命令,你的要求我爱莫能助。假如所有的旅客都要求这样做我们怎么办?我看你是聪明人,我能为你破例?"他的笑脸就是我一向想把它击碎的东西。

我感到一阵晕眩。他还催着我说:

"这个隧道过去就是大里了。看你是准备在大里下车,或是向人借钱。"他还是那个模样。

本来想乞求他,但看他那个样子我死也不向这种人低头。他还扬着声音叫我向人借钱,我已羞怯得无地自容,根本也不敢去看旁边的人注视我的眼光。我想有一个熟习的眼睛望着我时,我一定会羞死。满身的气愤凝集在右拳固化了,我瞪着他,他用更得意的笑容来挑逗我。我只觉得一股气一直上升上升,压得几乎爆起来的当儿,猛地把拳头放松,眼泪差一点就在这种人的面前掉下来。幸亏我把牙根咬得很紧而抑着,也幸亏我在将误事的时候,能想到我要是打了他也许比在这里下车更糟糕。因此我才松了拳头。当火车钻出山洞之后，我就跑到车门，等车慢慢滑进大里站时，我就跳了下去。这时风和雨交加，一下子我的身体全湿了。

从北往南钻出草岭的山洞就等于跨进兰阳平原的门坎了。左边就是太平洋岸，一条乡下的小公路沿着海岸一直向宜兰方面延伸。这些地方我十分谙熟，本来我可以在车站，或是随便找到一家渔家避避风雨，但是从来就没有像此刻更想急着回家，虽然从这里到宜兰还有三十公里之遥的路途，我还是坚持最确切的欲望——回家，回到G那里。

虽然四周黑暗得什么都看不见，但是我靠直观的感觉和过去的经验，我能够明了我现在所处的情景。我想蓓蒂已经登陆了；和气象所所预测的时间，前后相差几个小时那是绝对正常的。整个海面都在翻滚起来，几百米外的浪花夹在狂暴的风雨，和着海滩的砂粒，有时还有树枝和树叶，一阵接着一阵不停地攻击着我的身体发出声响。首先直接受打击的肌肤感到刺痛，但到后来已经全部麻木不觉了。唯一感到困难的就是脸必须背着风向才能呼吸，因为风是从左侧打过来，所以我一边侧脸，一边佝偻着斜侧身体，尽量使身体的重心放低，每一步就是艰苦中所付出的意志的一个单位。有时风大得无法保持身体的重心时，就蹲下来等待能够让我前行的时机。没有多久，我的视觉也发生了效用。在黑沉沉的风雨中，当强烈的风雨打在近前一两尺的路面时，极其微弱的暗晦的茫茫感，尤其在蹲下来时更能感觉到，而这种介乎于视觉与心灵的感觉的现象，就是我不会走离开这条路的原因。也是唯一的秘诀。此刻我唯一要捕捉的希望，仅仅依赖向南的方向，这条路，这时的暗晦的茫茫感。

走了一段很长的路之后，除了还留个清晰的头脑之外，我已经不感到身体其他部分的存在，好像黑暗中绊到一件笨重的东西拖着走那样。现在摊开在面前的就是时间和生命，而这全部的时间和生命却系在我大量消耗中的意志上。我不能确知我走多远，但我能确知朝正南的方向在这条伸展到G那里的路上走着。我在可能的时候半跑步。我的左脚陷在路面的一口洞里。我跌倒。左颊重重地擦在地上发一阵烧痛。我可以一下子又站起来跑路，但我不！我躺在那里用心地去感觉这种遭遇。想起来我真想笑。暴风雨加大了，可能这段路距海只有一二十米，海水像整桶灌过来，左边的脸颊更加烧痛，我想站起来走可能好些。没有走多远，一阵强风再把我打倒，我又站起来走路。我确知我没有弄错方向向南，我确知我没有离开路，我确知我又走近G一步了。但是我又好像感到越走越黑暗，越离开G而迷失在永远没有明天的时间里。我想到火车到站和G绝望而苍白的脸，我感到最重要的是行动，也只有为行动而行动才能拯救我自己。整个系于意志的生命，此时才发觉G的整个意义。

　　暴风雨一阵比一阵强烈，黑暗一步比一步深，在这末日所有的东西发出尖锐而惨烈的哀号的嘈杂声中，我还可以清晰地听到有人撕裂着喉咙叫Glakis这个名字，那声音很像我自己。但是，我却无法证实。

原载一九六六年十月《文学季刊》第一期

请勿与司机谈话

他愈看愈气愤,
不知怎么地,
他愈是气愤,愈去想它,
甚至于屡屡抬头看它,
同时一定会看到映在反射镜里
那个令他切齿的老粗。

阿琴又搭上他的班车了。她挤呀挤的，好容易才挤到前面来，把手放在驾驶座右侧的横杆上，身子近近地倾挨向他。他们先在上面那块长方形的反射镜里交会一下眼笑笑。然后，他很自然地半转过脸来和她打招呼。他的脸几乎和她碰在一起。因为车厢里十分拥挤，尽管他们的脸贴在一块儿也不叫人觉得碍眼。

"我很远就看到你了。"

"我猜这班车会是你的，果然猜对了。我也老远就看到你把帽子戴在脑袋后面。"

他举手把帽子扶了一下，但帽檐仍然仰得高高。他笑着说：

"现在我们都变得会预感了。"

她轻盈地一笑，身子一扭；那是在说："我也这样想。"

"到哪儿去了？"——唉！废话。明知她是下班回家来的。他自己在心里诅咒自己。于是马上改换一句话说:"噢——两天没坐我的车了。"

"你的车次时间又不能一定!"她有些埋怨。

整日呆呆板板的工作,拖累身心,唯有这片刻的相会,才叫他们感到愉快。难怪阿琴经常不讨方便坐A路车,而特地跑来坐K路的,回家时还得要走一段路。

"今天我把车开到你家门口好吗?"他玩笑地说。这时,他觉得有人轻轻地拍他几下肩膀。他转过头来,不是阿琴。一个板起脸孔的军人——陆军上士。他向他指着反射镜旁的一块蓝底白字的牌子"请勿与司机谈话"。他顺上士指的方向瞥了一眼,接着转过脸来,点点头向上士露出微笑表示歉意;这是主管要他们绝对对客人讲礼貌的。其实他向他微笑只是逼不得已这样做,像厌烦得不能不把一朵花丢弃,上士却高兴地拾起来,插在脸上而感到神气与畅快。

阿琴本想向他道歉,但眼看那个军人就在他们的身边。她窘在一边觉得脸热烘烘的。

到她下车时,上士还没到站。所以他们什么话都没说,只是迅速地眨眨眼,她就离去了。上士看明白他们的情形,心里得意地笑着。

车在临走之前,他毫无情况地按了一声喇叭。她知道他在和她说"再见"。首先,她不明白为什么,一直想哭出来。跟着,她的眼睛湿了,胸口一阵紧压松了一松,像缺了一只小口,里面的东西一丝一丝地泄着泄着。

他的脑子突然杂乱得像前面路上熙熙攘攘的行人车辆,有些念头更像是不守交通秩序的人们,在十字路口慌里慌张地乱闯。他按喇叭警告他们,同时也提醒自己。

但是,那块在反射镜旁"请勿与司机谈话"的牌子,太刺眼了。他愈看愈气愤,不知怎么地,他愈是气愤,愈去想它,甚至于屡屡抬头看它,同时一定会看到映在反射镜里那个令他切齿的老粗。他深觉得那牌子的多余,并且有辱他的人格。他把反射镜扳向另一个角度对着自己。

能造成车祸的许多原因他都明白。当然,司机驾驶时分散注意力去和旁人聊天也是一种可能性。不过这情形他有把握。再说,基于自私的本能,也不会有人愿意这样轻易地来赌自己的生命。况且良心上更不会容许自己拿别人无辜的生命来开玩笑。他敢断言,百分之九十的车祸,是出于车老机件的失灵,其余的是交通秩序与其他因素所综合。他愤懑着。

像这部车,早就该停下来待料的。保养厂却说,没东西。暂时再跑一跑,待以后再想办法补救。

"补救。出了事谁负责?和司机谈话有什么比这更大不了。岂有此理透了……"平时满肚子的牢骚,现在又重复在脑子里咒骂。

如果他一辈子都靠驾车吃饭,那么"请勿与司机谈话",就叫人一辈子都不和他说话了?他这样想着:混蛋极了。牌子本身就有语病。

零零碎碎抱不平的思维,如陈干了的柴,一捆一捆地堆积起来。怒火烧着。尽管驾驶座是如何地为他设计得宽舒,现在只要他身上碰着的,而是和车管处有关的东西,连那他觉得那样扣在后脑瓜煞有派头的制服帽,也长了刺,一根一根地扎着他。

上士站过来阿琴的空位,看着他扶方向盘,排挡、踩油门、刹车。看样子他还要等几个站才下车。他十分懊恼,但又出不了气。唯有自个儿闷在肚子里咕哝不停。

他想现在更能证实他是一部机器了,比较有伸缩性的机器——在机能上而言,是汽车的一部分,而具有良好的弹性。可不是？坐在这地方，集中精神兢兢业业地注视路面上随时随地都可能出现的情况。它操纵着他，而他的感官灵敏地去反射情况的刺激，遂构成他肌肉和骨骼的杠杆的拮抗作用，去操纵车的行动。这绝不是他的意志活动。

"没出息的。一头上了笼头套在磨坊里的驴子，会有什么出息？每天辛辛苦苦而又毫无希望地围着同样的圆圈打转……"愤懑的牢骚转而为自我的揶揄。激动的愤慨的情绪，由自怜落到感伤。他泄气了。

怎样也不曾想到，三年前和一两百人应考争这饭碗的情形，他所付出去的那副心神；当技能测验考倒车经最后两枝插杆时，像怕触及地雷似的，害得他流了一身冷汗。虽然他平平安安地开过去了，但是同样地还有好多人也派司①过去。事后直在家里等候消息的日子，又把他的心苦苦地煎熬了一番。录取的消息一到，几个知己的都涌到家里来，他们硬把他拖去揩油。如此这般，即是为了换取这厌烦的代价过日子？他嘲笑自己，嘲笑生命的意识。

---

① 派司：英语 pass 的音译，指通过，准予通过（检查、关卡、考试等）。

到一个十字路口又碰上红灯了。这一趟车从开始到现在，他所经过的几个十字路口，都被红灯拦住，而每次都是只差短短的三四秒钟。他预感到不知又要遭到什么倒霉的事。有一次，他一趟车跑回来，所经过的十字路口都遇到红灯的拦截——这或然率的机会是很小的。隔日，快到末会②全部归他的储蓄，结果叫人倒会了。经验告诉他，这和左眼皮无缘无故地跳动，同样是不吉利的预兆。

　　"妈的！"他竟联想到四年前，军中的一个上士班长，如何使他百般的受磨。

　　每每联想所及的，都是叫他重复那些不愉快的回忆。他恨不得连车带人撞上平交道，和他同归于尽。他看了看反射镜里自己的影子，那张脸并没有那么凶残，反而对自己笑了笑，他又觉得这个念头太荒唐了。不过心里确实是难过着。

　　上士下车了。就在这时候，街灯突然一起亮了起来。本来可看到稀薄而辽阔的煤烟，懒散地似有似无地飘移，而现在天空只见茫茫灰蓝一片。由于一直都在注

---

② 会：会子，即闽南地区的农村比较常见的一种融资方式，主要是用于亲戚朋友之间集资的行为。

视路面上的光线和行人车辆,他的眼睛顿时感到不习惯和疲倦。片刻的时间,他没办法看清楚远方。远处,这时在他看来,只不过是灰蓝的天空低垂下来的一部分。他扶着方向盘,车就朝着那茫茫的前方开去:

"感谢上帝。一天又要过去了。"

四五天都没见到阿琴了。多方的猜测总不是正确的答案。他从没有像这一次这样渴念过她;无疑地,他是爱上了阿琴。他怪自己为什么要一直欺骗自己,否认爱阿琴?到现在才让自己焦灼的心,揭开对阿琴的私慕。明天是他的休假日。他决定在她下班之前,先到她的机关附近等她。她和我都要大大地吃惊的。他这样想。

这晚雨下得很大,天气也骤然降冷。十一点多的末班车,乘客只有寥寥四五个人,到××路一段路口,客人都下光了。最后下车的那个小伙子,把一封信塞给车掌小姐秀卿;他已这样盯她一个多礼拜了。

虽然挡风玻璃上的刮水器,迅速地反复摆动,前头还是茫雾一片。由此到××路三段末的终站,是笔直被圳沟分开平行的单行道,路上的行人几近绝迹。车是空的,路是一根中空的芦苇管,他可无忧无虑、自由自在地开到终站。他口里哼着《风流寡妇》的曲子,手和着每三个拍子,把方向盘一左一右地转动,车子跟着以S形的脚步,在雨中悠悠滑行前进;也许六七年前,他曾经看过《恐怖的报酬》的影片,里面饰司机的尤蒙顿就有这么一个镜头。但是,他早忘了。现在他的脑子里什么都不存在。只有明天。

明天——,在他的梦中是多么绮丽。希望的光更要璀璨。

原载一九六三年四月十三日《联合报·联合副刊》

他妈——的,悲哀!

一目仔听到猪尾的话了,
同时他这句话末尾的两个字"悲哀",
把整个颓丧的精神撼动了一下子。

七月的阳光是夏天的语言——

柏油马路上，泼满炽热而湿湿的油光，所有的影子都缩到晌午建筑物脚下的时候；在白天来说，路上往来的行人并不算多，他们像是被逼着去模仿行走的动物一样的可笑。几个打赤膊，身上长满了透明的痱子的小孩围在阳光晒起泡的柏油路面上，用大钉子挖那软糖似的柏油。一个戴斗笠的木匠，蹬着和他一样疲倦的破车，远远地骑过来，不知道他袋里的什么工具，相碰着一路响出均匀的声音。

他隔十几步路，看到前面几个挖柏油的小孩，心里抱不平的气愤，他想：经过小孩身边时，吓吓他们。但是等他车子真正骑近小孩的旁边，心里却懒得喊出来，他爱理不理地看了看，走了一段路，心里面的正义感仍然高涨着愤懑的火焰。

阳光像疯狂的乐手，吹奏出像金色喇叭所爆出来的声音烦躁地刺人神经，而真正的喇叭声，也像直射下来的阳光，一样炽热烫人。一队很长很长，长得像一条怪物的出殡行列，从街尾缓慢地蠕动过来；叫作引发的吹鼓班领先开路，紧接在后头的四十六人组的总兰社的西乐队、子弟戏、十音等等，共十七个队组成了这个出殡行列的最大部分。他们一进到市区，没有一队不卖劲的。三十多个不同乐器所组成的乐队，一起交响而汇成的声音，使这个长长的出殡行列，显得更像一条怪物，同时觉得怪物满身不舒服似的沿路嘶叫。马路两边慢慢地站了许多人出来看热闹，此刻喧闹的嘈杂声，抢夺了燃烧着的太阳给人的注意力。

不管穷人富人的出殡，吹鼓班是不能免的。穷人的出殡没钱请其他乐队，可是至少也要一队吹鼓来做引发开路；有钱人出殡不管排场多大，吹鼓班也一定要排在最前头，这是老规矩。

两枝长而且大的低音唢呐，沿路没有旋律地呜呜乱吹；其他三个，其中的小唢呐是主奏曲乐器，它吹着古老的老调，毫无感情地重新再把发了霉的旋律，撒在阳光下消毒，小锣和小鼓是一个人打的，那个人叫猪尾，小钹又是一个叫狗子的人打的。

这三样鼓击乐器，只有和着小唢呐的旋律，鼓打出迷失的节拍，成了不必用脑子的机械动作。所以他们可以一边敲打，一边看路边看热闹的群众。同时他们也可以靠近一点大声说话：

"喂！狗子。"更大声地："狗子，你的耳朵怎么了？"

"听到了，猪尾。"

"我说今天啊，有三个死人出殡。"

"要是他们一天一个挨着出殡多好。"

"可不是，至少可以多吃一个地方。"

"大声一点，你说什么？"

"我说，可以多吃一个地方。"

"我们干这一行，好像希望天天有人死掉。"

"有什么办法？"

"什么？"

"快轮到你了。"

"那么阿仁他们今天也有活了。"狗子没有听清楚猪尾挖苦他的话。

"但是今天我们的死人是最有钱的一个。"

突然狗子才想清楚猪尾的前一句话：

"你刚说我快死了？"

"还装聋！"

"哼哼，还早咧。"停一停，说，"假如我现在死了，哪里来吹鼓吹的？"

"镇上只有我们和阿仁两队，阿仁他们才不会来为我们的人吹打。"

"让我们自己来，没有人打钹没关系。"

"自己来？那怎么好意思。"

"这件事一直叫我担心，我想我的肺越来越不行了。"

"没有的事，你说话还相当有气力嘛。"

"是吗？"他有点怀疑自己的耳朵，"什么？我觉得今天什么都听不见，连我们敲打的东西也要听不见了。"

猪尾有点同感：

"声音特别小，还不是我们后头紧接着总兰社的西乐队的关系。"

"还有阳光不是？我口渴极了。"

"我想我们不该再说话了。走出这条街就好了。"

猪尾狗子又离得很开，他们低着头像是两个陌生的囚犯。没多久，猪尾突然走近狗子身边，兴奋地说：

"今天我拿到三十块,我准备去找她!"

"什么?"

"你要我再大声一点,让所有的人都听到吗?你这个聋子!"猪尾走向自己的位置,心里觉得今天的路特别遥远。

站满了人的街道上,这三十几队乐队的出殡行列,不管是哪一队,没有一队不认真的,甚至于没有一个乐手敢偷懒,因为三十多队的乐队中,仍旧存着五六十年来西皮与福禄派系的竞争。他们不在这街道两旁站着看热闹的人群面前表演一番,那将等待什么时候?几乎每一个人都有这种意识的潜在。

一目仔是猪尾他们的班头,在这个小镇上,再也找不出第二个吹唢呐的能比得上他。有一年夏天,王爷庙谢平安的晚上,他一连吹了五个钟头不停的纪录,一直没有人打破。那个晚上,他把唢呐放进口里之后,足足五个小时没放开过。旁边的人轮流替他擦汗,轮流替他扇风,还有许多围着看热闹的人,分别买了一瓶一瓶的米酒、红露酒摆在他的面前鼓励着他坚持下去。当他吹奏的纪录进入第四个钟头的时候,观众敬送给他的酒在八仙桌上已经摆不下了。那时候,大锣和皮鼓都连续以快板的节拍紧催着，鞭炮声密密地织成浓浓的烟雾，弥盖了越来越多的群众。第二天，一目仔醒过来的时候，他发现自己抱着唢呐和三只空瓶子，脱光上衣睡在刚收割的稻田里。那一次的经验给他终生难忘，也是他感到最了不起的一件创举。从此之后，他在这个圈子里，过了一段很得意的英雄生活。对唢呐他更加喜爱了，有机会绝不放过。

今天虽然他走在这三十多队乐队的前面，走过人潮的夹道，但是只有他把唢呐拿在手上，垂着头跟在猪尾他们的后头走。紧接在后头的总兰社西乐队，尤其是吹伸缩喇叭和低音贝士的六个年轻人，穿上可笑的仆欧装，歪戴着帽子，拼命吹奏出一阵一阵的噪音来，一目仔首当其冲受噪音的冲击，他逼得几乎就要发狂。他恨那种怪模怪样的乐器，恨伸缩喇叭和贝士吹出来的那种声音，还有那几个扬扬得意的年轻人。他想怎么才能避开这种西乐队的一切，除非像这个老人死掉。

狗子边走边打钹，心里越想越不对。他看了看猪尾，然后侧着头，把钹拿近耳朵，走近猪尾说：

"你听到什么吗？"

"什么？你把钹放开些打好吗？我没听清楚？"

"什么?"狗子想听清楚猪尾的话,把钹放低打。

"你自己说什么?"

"我说你能听见什么!"

"听见什么?"猪尾想了一下,"阳光。"

"我听不见我们自己的乐器声。"

"有什么办法,太热闹了。就算我们是在做个样子,要人家三十块钱,你也得认真做呀。"狗子又把钹拿近耳朵打着说,"这样还差不多。"但是走了几步,又走近猪尾大声地说:

"喂猪尾,现在我有一种感觉,说是感觉到嘛,又像是听到的,像是什么……?"停了一下很突然地说,"对了!悲哀!我感到悲哀,我听到悲哀把我们的锣鼓声淹没了。"

"去你的,悲哀。"猪尾觉得声音太大了。可是话已经说出来了,来不及小声些,他回过头看看一目仔。有时他们这样沿路只顾说话,一目仔是会生气的。一目仔听到猪尾的话了,同时他这句话末尾的两个字"悲哀",把整个颓丧的精神撼动了一下子。他开始了解今天的心情就是完全由"悲哀"所构成的;他有过痛苦的一生,但是,不想吹唢呐的事情,今天还是头一次。对今天的感受除了叫它做"悲哀",还有什么比这更恰当?对!就是悲哀。他想着。心里不断地诅咒着:"他妈——的,悲哀!"他像是完全醒悟过来了,但又像是完全迷糊下去。他的精神在醒悟与迷糊两个极端不同的领域间,疲惫地来回奔跑。紧接在后头西乐队的吹铜管喇叭的年轻乐手,得意地把自己胃里面的胃酸和食糜混杂一起的气味,压缩到乐器内再旋转出来,空气被搞混浊了,一针一针落在擦铜油上面的阳光,也被弹得杂乱而耀眼。一目仔还是不断地在心里重复地念着新发现的词句:"他妈——的,悲哀!"

街道两旁的人都在谈论着。

母子:

"妈,这么多乐队要不要钱?"

"不但给钱还要给他们饭吃。"

"为什么!"

"因为死人家里有钱啊。"

"他是谁。"

"不知道。"

"妈妈,你看那幅像,是一个老公公。"

"是,看到了,不要叫,不要指。"

旁边的人：

"我们镇里只有宰猪旺仔才能有这种排场。"

"大概有一百万吧！"

"什么！岂止一百万，两家戏院，纸厂……"那个人不停地谈着，旁边的人都在注意听他讲。小孩问他母亲："妈妈，宰猪旺仔我认识他吗？"母亲："小孩子有耳朵没有嘴巴①。"她又注意那个人说话。"……宰猪旺仔一生很吝啬，但是他娶了三个正式的姨太太，另外在外头没带回家的也有好几个。这些姨太太每个人都生了好几个小孩……"另外又有一个年纪大的人走过来说：

"什么？替宰猪旺仔生过小孩的女人有十一个哟，她们一共生了四十三个小孩，现在都长大了……"刚才那滔滔不绝说着宰猪旺仔的人，现在他也变成了听人说话的人。那老人说："我怎么不知道，年轻时我们一起到过后山做工，这个人年轻时身体壮得像一头牛，有一次陈大老盖房子，他也去做小工，当时他和人打赌，把两个最粗壮的女工，每个人都是一百斤以上的，把她们

---

① 小孩子有耳朵没有嘴巴：闽南方言中表示小孩子只能听话，不能多话。

分别放进谷箩筐,宰猪旺仔真的一手提了一大桶水,还把这两个女人挑担在肩上,爬梯子上屋顶这样来回做了十趟,结果他赢取了七个人一天的工钱。后来这两个女人都和他生过小孩……"

"他怎么会有钱的?"

"当然他并不一辈子做苦工,后来他做猪的生意,在战时曾经和日本军队做了不少交易。但是我想这都没关系,主要的是他有好色的冲劲。"这个老人得意地笑着,小孩子仰着头问:"妈妈——什么叫好色的冲劲?"这位母亲很快地把小孩拉开了。

棺木像是多足蜈蚣,静静地爬过街道,后头跟着一百多个穿孝服的男女老小,其中最引人注目的就是,有四条绋巾那么长的穿孝服戴三角麻巾蒙头的女执绋,她们沿路念念有词地哭哭啼啼着,在这近半里长的出殡行列,只有这个部分看起来才像死了人的样子。路旁的人说:"哪来那么多的亲戚?""怎么没有,只要有钱……"

带头拉牵绋巾的人,一出了郊外,故意把这些女人拉去踩路上的几堆牛粪,这群哭得很伤心的女人,竟每个人都能够躲开,而保持白布鞋的死色。她们仍然一路上哭得很伤心。

虽然出了郊外,所有的行列只剩下作为引发的吹鼓班,带引棺木和死人的家族到墓地,但是一目仔的脑子里始终摆脱不开西乐器在呐喊的骚扰。他想了好几次,才勉强地把唢呐放在嘴里,呜呜地吹着敷衍。汗水却不停地从额头冒出来,他感到很吃力,原来他沿路一直把唢呐放在手上,草管做成的唢呐嘴被阳光晒裂了。他身上还带有一个。他并不想把它换下来。

到了墓地,猪尾告诉狗子说:

"三十块钱我们已经拿了十五块了。"

"拿了三十块钱你真的要到布袋奶那里吗?"

"她需要钱,我需要她,这有什么不好。"

"可是……"

"我知道。你今天发现了悲哀不是?你去悲你的哀吧。"

"我觉得我不该现在同你谈这种事。"

"所以你发觉了悲哀!"

棺木被埋进土里了,道士手上的摇铃,在烈日下嘲笑人类的生命和死亡的形式:早生早死,晚生晚死,早死早生,晚死晚生。死者的家族绕着新坟三圈,一堆代表阴间的纸钱,烧尽了死者和家族的关系。正在这个时候,站在旁边的一目仔,竟突然大声地哭起来了,他把手上的唢呐摔在地上,两脚拼命踩踏着唢呐,同时他口里反复含糊不清地诅咒说:"他妈——的,悲哀。"汗水、鼻涕和单行的眼泪构成了一个失败者的惨象,所有在现场的人都被这情形吓住了。连道士手上的摇铃,再也不觉得这个世界还有什么可笑的地方了。

死者的家族,个个都很不安地以为又是突然跑出来认亲的,想分一点遗产。所以他们很惊讶而慌张地问:

"这个人又是哪一房的人呢?"

"不知道。但是你听!他好像在说'他妈——的,悲哀'咧。"

编按:本篇先以"日光之下"为名,刊于一九六五年十二月二十七日的《微信新闻报》,而后又在一九六七年四月,以"他妈的——悲哀!"为名发表于《台湾文艺》第十五期,当时作者特别"声明":"本篇小说不愿参加台湾文学奖。"

没有头的胡蜂

"远远看你现在的神情很引人好奇。"

"你看,这一只没有头的胡蜂也很引我好奇。我正在注意它。"

当然，那是要在夏日近黄昏的时候，大王椰树的影子才会伸得很长很长的，一直要伸到夜晚将打那儿来的路口上。它安谧地躺在草地上，静静地等着夜晚从它笔直的躯体，像溜滑梯似的溜下来。但是距离那一个时候，还有一段的时间咧！

他把自己整个星期天的白日，带进图书馆里面，埋首写那将成为一篇伟大的论文（至少他自己是这样想的）——《人，猩猩，选举权》。进大学后的第一次暑假快到了，这些天来，他从自己的论文发觉自己是多么聪明呀！甚至于埋怨自己未能及早发现自己也有学政治学的性向和才能。联考报名的时候，所填写的前几个志愿，现在仍然记得很清楚，然而法学院的政治系，那可真记不起来是第几个志愿了。

图书馆的管理员，把所有的日光灯都打亮了。坐在窗口旁边的他，一时反而感到不打开的好。他搁下笔，把今天所写的部分，令疲倦的眼球，在草稿上只字不漏地重新浏览了一遍。有些地方他抓起笔来删掉几个字，也有再添上几个字的，这样，他显得很得意。

去年联考发榜的那天晚上，他从收音机里听到K大政治系录取名单中有了他的名字时，他很失望，真想哭出来。进了大学上了课不久，他还是很后悔，根本就没有大一新生那种冲上天的喜悦。更讨厌的是，几个老同学见了他"就直"喊他宰相。但是因为没有信心再做第四次的投考，所以他勉强注册了。事实上自从他上大学回过几次家之后，由于家乡地方小，读大学的不多，地方的父老都很钦佩他。因此他无形中受到鼓励，也不知在什么时候，家乡的老一辈人——经常聚集在庙里谈天说地的那些人，说他研究的那一门，就是以后要做"宰相"的。

正好当他觉得有点疲倦时，肚子也饿了。他看看还有三四十分钟才有饭吃。索性走出图书馆，在园子里找一处大王椰树的树影，把背靠在树干坐了下来，笔直的树影恰好遮满他的躯体。他正想闭上眼睛养养神时，在对面佛桑花丛的背后，有人探出头来喊他说：

"喂！宰相。""宰相"这个外号，现在他听起来也觉得习惯了。

"嗨！色迷。"他马上回答简金木。金木是他同班同学。因为学政治的，而也特别喜爱画画，所以同学给他取了"色迷"这个外号。

"怎么样了？你的博士论文？"

"快了，我看这个暑假过后就可以完成三分之一。"

"你的结论猩猩有没有投票权？"

"有！不过不是那个意思。我的意思是，只要是构成社会的分子，而且他的思想达到某一个程度，那么在那个选区里他就有投票权。假如是一座桥、一所公共厕所也有思想的话，当然它也可以选一个适当的人。因为桥或是厕所，它会知道它应该怎么做是最坚固最卫生的。"

"唷！我倒发现你自己没注意到的才气。"

"真的？"宰相兴奋地问。

"我是说你来写寓言可能比两千多年前的伊索先生更会成功。当时他只把动物人格化了。现在你连公共厕所都赋予生命，到底二十世纪六〇年代的寓言家是不同了。"

"色迷，你听我说。"他耐心地说，"那只是我做个比喻。现在我也没有时间说明，你也没有时间听。还是等着看我的论文好了。"

"据你的高论这样推论下去，动物园的动物在竞选期间，可能活得更舒适些啰！"

"要是它们有思想的话，应该有权要求社会给它们公平。"

"公平？让它们回到大自然的老家最公平了。"

"我们的问题脱了节了，再这样争论下去只有浪费时间。不过我再将你的话补充一下，即使这些动物回到大自然，假定他们的思想同有权投票的人是一样的话，当然有资格选举。原因是他们构成社会的部分，互相产生影响。"宰相有点不耐烦地说："其实这些东西，永远都不会有高深的思想的，就是说要是一个小孩还没有公民权，但是他的思想早熟，已经超越生理年龄，也同样有选举权。反过来说，有很多人有了投票权，但是脑子里仍然是幼稚简单。唉！有关很多细节和分析，请以后看看我的论文吧。"

"这一课我太福气了。特别感到荣幸。"色迷讽刺地说，"什么时候有空让我画一张像？也许因为画的是你而永垂不朽也说不定。"

"不谈我了。你真的暑假还准备考艺术系吗？你不觉得可惜？"

"你是宰相，我是色迷，我怎么会觉得可惜呢？同时今年我觉得很有把握。去年术科考坏了，今年我进步得相当多。"

"学科呢？恐怕都忘光了吧！"

"那不简单。以考上政治系的成绩，去考美术系有什么问题。"停了一下接着说，"就算我是大笨虫又考失败了，回来读政治，课余一面学画画也不坏。一方面叫作业余的正当娱乐，一方面……总是有用的。"色迷很神秘而得意地笑着。

"我是不跑了。"宰相这么说，那口气不但一点也不后悔，同时显得很坚决。

"那当然那当然，你不能跑。你的博士论文有待你完成。最好你让猩猩也能申请到驾驶证。"色迷又笑了。宰相最讨厌别人对他这种带刺的笑。他不高兴地说：

"色迷！我对我的论文抱着很严肃和认真的态度，我不希望再听到你拿它来开玩笑。"

"抱歉抱歉，我的认真竟让你觉得是开玩笑，以后我们不再谈猩猩好吗?你说的那种猩猩。"色迷故意再在话中提猩猩两个字,并加重了语气,有意让宰相不愉快。说完了就提起画板做个手势说声"拜——拜——"就走开了。

宰相心里感到很难过;所有不愉快的事情,都一起涌上心头。不只是色迷这样嘲弄他,其他同学见了他写论文,就说他还不到大四写论文是未老先衰。也有人拿他开心,经常同他争辩,最后他都被孤立,有时同人争得站到桌子上大声喊着说:"我明白了,你们所谓的猩猩就是指只能吃吃香蕉的猩猩。其实啊,你们也吃香蕉,但是你们吃香蕉连那种你们所谓的吃香蕉的猩猩都吃不过它啊。人类的自傲,即是人类的悲哀。"

他点了一支香烟,把背靠回去,松松全身的肌肉。在他吸第二口香烟的时候,突然感到颈子背后奇痒,右手很快地反射过去抓了几下。他回过头一看,原来是他背靠在一大群通往树上的蚂蚁。等他再看个仔细,一二十只蚂蚁在长长的行列中,从草地里扛着沿途挣扎的小动物正往树顶上爬。他好奇地用手指头把蚂蚁的猎物拈了过来放在笔记本上,原来竟是一只已经失去了头的胡蜂,还在做最后殊死的奋斗,几只还死咬着胡蜂不肯放的蚂蚁，他都一一把它们撅死了。这只没有头的胡蜂开始安静起来，同时很平稳地和有头的时候一样，用六只脚站在笔记本上。宰相觉得相当奇怪：胡蜂在家乡的山坡果园里多的是，可是就没见过没有头的。没有头怎么可以活？要是人一离开头马上就死掉。这就是说人的头管生命，胡蜂的头不管生命，又人的头管思想，而胡蜂就不。他想了想：也有人不用头也可以活着；他和胡蜂一样不用思想啊！他好像从这一只没有头的胡蜂发现了什么，高兴得认真开始仔细地观察起来了。

　　首先，他先把笔记本倾斜四十五度，胡蜂站着不动。他再把笔记本直竖起来成为直角，胡蜂还是站着不动。再把笔记本子倒翻过来，胡蜂只放开最后两边两只较长的后腿，但是前边的四只脚仍然牢牢地钩住本子表皮的纸纤维不放。他想：牢牢抓住不放的四只脚的行为是本能吗？或是意志呢？没有头了哪里来意志？有头的胡蜂有意志吗？纵使它有了头呢？在这种情形之下，它会飞跑。它也可以不跑，甚至于比没有头更糟而掉下来。这种情形和人的距离有多远？不一定，各个人不同，有的很远很远，有的并没有什么差别。现在宰相有一种丢不开的厌倦，心里头有一团紊乱了的思维，放下吧也不是，拿着吧又觉得困扰，整个脑子都发胀了。

　　但是好奇心才开始令他做更进一步的探索。他已经明白胡蜂的头并不管它全部的性命。他把胡蜂弄倒在本子上，它马上就翻过身站稳，而警戒起来。这证明头又不管胡蜂的平衡运动。他又用香烟喷它，这只胡蜂痛苦地挣扎着。头并不管它的味觉和嗅觉。他用一支火柴棒拨弄胡蜂的尾部，藏在尾部的刺马上伸出来左右来回找着敌人。头也不管胡蜂的自卫。没有头的胡蜂还能向前走步。最后宰相把这一只没有头的胡蜂抛到空中，它虽不能飞，但是接近地面的时候，却近于滑行似的，轻轻地停在草地上。他反复地做同样的试验，结果都是一致。他开始怀疑，一只胡蜂的头在它身体上，占有多大的价值？这时候，他无意中在蚂蚁原来的行列中，看两三只蚂蚁，竟相反地从树上扛一个死东西下来。他把它拿过来看个清楚。他惊讶极了，原来是一个胡蜂的头，就是他手上这类胡蜂的头，不过是不是这一只的倒不能确定，是的可能性很大。这个头已经完全失去了生命，把它怎么摆就怎么样。

　　同班的女同学高秋凤悄悄地走近他的身边说：

　　"远远看你现在的神情很引人好奇。"

"你看,这一只没有头的胡蜂也很引我好奇。我正在注意它。"

"因为它没有头。"

"噢!不!"他让高秋凤坐在旁边,把刚才所观察的经过和归纳出来的结果,都一五一十地告诉了她。"现在你看,这是它的头,这是它的身体。你同情哪一边?"

高秋凤只笑了笑,没有回答他的问题。他很失望。

"也许你已经回答我的问题了。认为没有同情的一边,不然就是同情整个一只胡蜂。但是我是说在这一种头和身体分了家的情形下,你同情哪一边?女孩子比较有同情心的。"最后他加了那一句,那为的是希望高能发表一点意见。

"听你这么说,你一定要我回答是吗?"她俏皮地说。

"嗯——"

"我同情你。"

"我不懂你的意思!"

"我是同情你在同情胡蜂的那一部分。"

"你这么说那是我的失败,原因是我的问题问得太笼统而抽象了。那么对一个人来说，你同情白痴呢？或者是一个正常人的死亡？"

"这和胡蜂有关系吗？"高秋凤困惑地问。接着说："宰相！说实话，同你在一起讲话太严肃了。同时我向你道歉。上星期你给我的意见调查表我没有办法填写。还有书我过几天还你。"

"没关系。不能写空下来总比他们胡闹地开玩笑乱填的好多了。书你可以不必急。"

"不是！下学期我可能不来了。"

"你不觉得可惜吗？"

"原先我并不是想读政治。"

"我也是。但是我现在不想跑了。也不会跑了。"

高秋凤和他分手后，他再继续做刚才对这一只没头的胡蜂的探索工作。他拿胡蜂的头去接胡蜂的身体。但是那一只没有头的胡蜂，一直往后倒退。怎么？你不怀念它吗？他想，要砍你的头时你拼命挣扎，头砍掉了你也不要了。为什么高不能明白没有头的胡蜂呢？没有思想的人，没有主见的人，没有理想、没有意志、没有智慧的人等等，他们照样可以活着。除了这一些以外，他还想在胡蜂本身去了解一点什么？然而再想了解的部分只有困扰，一时厌烦的心，令他用手指用力地一并把胡蜂的头和身体，从本子上弹掉："这是动物系的学生的课题。"他笑了笑，自言自语地说着。

大王椰树的影子伸得更远了。他拿没有头的胡蜂，来比拟在他周围的人。廖美津是他师专的一位女朋友。他想到上星期的约会：当他们看完《才子佳人》影片出来时，美津责怪他说：

"你真叫人难为情。你不应该那样笑。至少你要想到我在你的身边。尤其是电影完了，灯都亮了你还笑个不停，神经病的人才这样。你知道别人把你当什么吗？"

"你不是已经说了。我想你说得对。当然，我不能要求你和我一样。但是你没能了解我觉得这电影的可笑。"

"谁不知道这电影好笑。"

"你！"

"笑话！只有你是高级的，有幽默感。"

"我不想和你吵嘴。你生我气的主要原因是，我在灯亮了之后还一个人大笑，害得别人望着我时也望着你，而使你难为情对不对？不过，确实是好笑啊！难道你不觉得美国有些电影的肤浅和幼稚吗？一个人，尤其是女人，昨天晚上有没有同人发生过关系，那还得问别人吗？她还是一个处女咧。要是你的话？……"

美津听他这么说，一气之下，跳上一部兜揽生意的三轮车就跑了。他想解释，她一直避不见面。他觉得奇怪，为什么他现在对美津给他的冷漠，而不觉得痛苦。他把弓起来的一只脚也放平在草地，随手抓了一根草衔在嘴里，他想：我爱她吗？我喜欢她的脸蛋儿长得漂亮，其他我不曾想过。那么单为了她的脸我喜欢，就连她的庸俗、傲慢、不大方、不现代等等渣滓都得一并接受？其实也没什么办法，只有她给过我机会追她。接着他在脑子里好玩地凑拢一个自己比较喜欢的女伴：那就是美津的脸蛋儿，高秋凤的两个乳房和她的臀部，西药房那位女老板的白皮肤，还有那次回家在火车里面看到的那个女人的腿……他禁不住地笑起来了。人又不是胡蜂，人是整个的，怎么经得起分析！您想要一位圣者的灵魂，那么连着他的躯体的疮疤也得一起要。背脊上突然一阵抽缩，他动身子把刚才所想的也丢开了。

夜晚开始慢慢地滑下来了。他匆匆忙忙站起来走开。但是那本笔记本子——《人，猩猩，选举权》的草

众神,听着!

众神啊!
您的客子谢春木恳求您,恳求您,
保庇三个儿子回来,和和气气,
不要让他们冤家,
您的客子谢春木恳求您,恳求您……

那一天早上，春木去参加同年添福的丧礼，看到添福的六个女儿，个个哭得像泪人，心里羡慕得难受，他拈完香就离开现场回家了。以春木和添福平时的交情，照理都该待到出殡，送棺材走一程，等家属回头辞谢亲友会众才散的。原来他也这么想。

回家的路上，春木一方面自责不该中途离席，一方面还想到添福的女儿为父亲哭得那么难舍，同时又看到死者一副得意的遗像，不由得就记起前不久，在庙前圳沟的桥上，添福递给他槟榔时说："我那六个女儿真害啊。管我呷①酒呷烟，管我呷槟榔。讲什么呷槟榔会死。我讲走路也会被车撞死，路也不要走好了。"添福说这话，哪是埋怨？那得意的样子，春木觉得是冲着他来的。虽然他知道同年的话没恶意，但是听在心里却不是滋味。

---

① 呷：闽南方言，即小口地喝，吸饮，吃食。

二三十年前的事了。连生四个女儿的添福，他十分羡慕当时连生三个男孩的春木。有一个晚上，添福在庙口找到春木，特别向春木讨教如何生男孩的事。春木只知道生男生女由不得自己，不是靠某种知识，和技术性的功夫就可办到的。当时看添福呆头呆脑，一副好欺负的憨相，春木要他先请客，然后再教他几招招数，好让他回去跟添福嫂造爱生男。添福都依他。他也教了添福。不过添福听了之后，表示这样搞有困难。春木还记得他回答添福说："哟！你以为要生查埔②那么简单啊？"隔天一大早，添福到牛栏找到他，偷偷告诉春木，说照他教下来的招数去做，结果害他大腿抽筋，太太差些窒息断气。要不是春木失声大笑，笑痛肚子捧腹，添福还以为自己不行，自叹不如。当事情被春木自己笑破了之后，添福很生气。他骂春木什么玩笑不能开，开这种断子绝孙的玩笑，还捏紧拳头想揍春木。春木知道理亏，一边道歉，一边威胁添福，说如果事情吵开了，让别人知道了，人家笑的是你添福和添福嫂，绝对不会是我春木。添福听了这话，才松了拳头，嘴巴却

---

② 查埔：闽南方言，即男人。

不饶，说春木不得好死。经过不多久，村里村外的人都知道了；连似懂非懂的小孩，远远看到添福走过来时，都会偷偷笑着说纠筋福仔来了。

春木早就生了三个儿子，有本钱不至于断子绝孙。可是时代不知怎么转的，儿子都长大了，好歹也都算是成家立业了，他却变得有儿子等于没有儿子，有孙子也跟没有后嗣一样。他还是孤零零地留在头份村竹林里，靠春夏两季的麻竹、绿竹的竹笋为生。两年前老伴先走了一步，里里外外的工作，一下子岂止加倍。春木这时才知道，过去老伴担待了多少事啊。之后也才明白老伴和他拌嘴时，常说他以为他照顾那二三十尊神明菩萨，就觉得了不起，什么事都不做不打紧，一张嘴巴像母鸡屁股，撮撮报报叨念不停。本来就不怎么回家的三个儿子，老伴走后，他们更少回来头份了。其实春木也不是那么不明理的人。他曾经也想过，儿子他们是乡下长大的孩子，不是做生意的料子。一个出去学水电工，现在说好听一点，说是当老板；没本钱，大的生意标不到，小的生意像乞丐乞讨，有时还倒贴。老二整槟榔摊子，生活勉强过得去。说他不怎么赚钱也不公平，至少他人家赚了一个年轻的槟榔西施做太太。那一年夏天回乡下来,老人家说她穿得像盘丝洞里的蜘蛛精,从此就不再回来了。最小的在工厂工作,一年换二十四个头家,水里找不到一处温暖。春木看他们在外头,生活过得不怎么如意,他建议三个儿子,说领导叫我们搞什么精子农业,你们年轻人比较懂,我们还有八分多地,回来大家一起来搞。他们搞懂了老爸说的之后,竟然都笑起来。原来春木不懂普通话,把精致农业说成精子农业。就算他说对了,春木还是弄不懂什么精致农业。他只知道好像做农的还很有希望。至于他不会说普通话,遭三个儿子笑,这他还可以忍受,只要让他怨几句,说那个那个,他想了一下,那个精子农业,若不是,你要叫我用闽南语怎么讲?你们讲给我听啊!讲啊!三个儿子只顾笑,事实上要他们用闽南语念"精致"二字的读音都有问题。但是最令春木不能接受的是,三个儿子都认为回来种地会被人笑。被人笑?种地会被人笑?你说他们年轻人讲这款③的话,我不叨念,我的嘴巴也不饶啊。每次有人跟他问及三个儿子的情形,他都忘了是在说他的儿子似的说给人家听。

---

③ 款:闽南方言,即种类。

也不知道从什么时候开始的，春木发现自己的嘴巴早就自立门户，不受他管用了。在家里天一亮，眼睛一睁开，嘴巴也跟着醒过来，啰里啰嗦叨念不停。看到什么就念什么。有时看到小鸡掉进檐下的水沟吱叫，那也只要弯个腰，用手捞上来还给母鸡就好了，他就非得叨念一阵子。老伴耳朵里早就长茧了，还是无法挡住杂音留住清静。她在屋里笑着说："老的，你到底是在骂母鸡，还是在讲我？""讲你就讲你，敢要向神求筶④啊！"春木话一出，心就在叫屈，好像这些话不是他讲的。你说是嘴巴自己讲的，不是他要说的。谁相信？说出来不被送到松山疯人院才怪。说也奇怪，在外头春木的嘴巴却乖得很，像他笑脸上的一朵花。春木在家里遇到诸如此类的情形，他会赶快把嘴巴带到外头去。不然，这一天把嘴巴留在家里，那鸡犬就不宁了。

春木从同年家回来的路上，遇到同村去街上卖竹笋回来的人。"回来了。今天笋子的价钱怎样？"春木问。

---

④ 求筶：以树根或竹根制成，是一种求神明问卜的工具，神明不语，所有答案就在筊杯中。

"歹⑤啊。透早⑥贩子来收才二十八块。刚刚我要回来时，就跌到十五块了。今天圳头、内城仔还三城那边的笋子都拼到街仔来了。想到家里工作一大堆，十五块就十五块，拼给他了。"

"早上去添福那里，笋子就寄水鸡拖去卖。"

"水鸡还在市场。我招他一道回来，他说在家闲着也一样，晚上回来。添福那里的功德热闹吧？"

"是啊，和尚尼姑、道士，诵经读素，来了不少人。……"

"人家女儿乖，女婿有才情，要怎么热闹就怎么热闹。"

一听说人家的女儿乖有办法，春木就没话说了。他走到前面的岔路口，径自走过去把竖在路旁歪斜的、指向众神宫的路标扶好，嘴巴就叨念起来，责怪路标连站都站不好。接着也骂哪个手贱的路人，没事去扳它干什么？不怕缺手。

从去年的新正过年，听村干事的建议，自己钉了三十多个指往众神宫的路牌，想在年节农闲期间，招揽

---

⑤ 歹：闽南方言，表达不好的意思。
⑥ 透早：闽南方言，即大清早。

台湾各地乡下人，乘坐游览巴士，到各地寺庙朝拜烧香时，希望他们也来到众神宫烧香。答应替春木写字的人，请他的饭也吃了，字呢？从过年的农闲拖到夏天的农忙才写好。春木将这些路牌，从诗结九号公路的路口，一直竖到头份竹林的众神宫。经过一年多的时间，只带过三批的香客进来。

头一批从屏东满州来的香客，是路标竖好的第三天，由一部大巴士驶进众神宫。春木直钦佩村干事，他高兴得几乎要把村干事供上神桌，变成第二十八个菩萨。另一方面也怪迟迟未能及时在过年农闲的时候就把路标竖好。要不然……，春木没有时间去想这些了。香客们下了车，站在众神宫的左侧，却在问众神宫在哪里？经春木指明，身边和一般房子大小的铁皮屋就是众神宫时，所有的四十多位香客，都愣了一下，再看看不起眼的铁皮屋。他们我看着你你看着我地像中了笑气，没有一个不笑出声来。春木大不以为然。

"你们只顾在外头笑，你们应该进去看，看看内底有二十七尊神明啊！"

是有三四个人，一下车就进到铁皮屋里面去看过了。但是待不住；外头热，里面更热。里面长胡须的神明菩萨，它们的胡须都被烘焙得根根往上翘。外头有些人跟春木走进去，他把一支悬在天花板上的大电扇开动；开到第一段。大电扇像是努力表现给主人看的仆人，它转得整个机身使劲颤动，喘气声还卜啦卜啦作响。他们仰头一看，像一架直升机正倒栽下来似的吓人。

"哟哟！你的电风扇会掉下来。"有人警告。

"不会啦！我知道。它本来就这样。"春木嘴巴是这么说，手还是伸过去把电扇调到最弱的一段，然后跟着里面的香客走到外面。他根本就没有办法掌握香客，好好把二十七尊神明菩萨，一一介绍给他们。大部分人都在找厕所和茶水。

"到隔壁，到隔壁。我厝⑦内有便所。"春木毫不敢怠慢。

香客照春木所指，绕过一道九芎仔舅的生篱，涌到春木的住家了。他们有排一列纵队的，有坐在厅头⑧休息的，还有两三个人走进厨房找茶水的。来了就是客，春木兴奋地告诉自己，忙着进进出出招呼客人。

---

⑦ 厝：闽南方言，即房子。
⑧ 厅头：闽南方言，即厅堂。

"你们查埔放尿[9]的,随便到外头竹子底下也可以啊。"

他看到堆在屋檐下的七八只没卖出去的笋子,即时向女香客推销。"爱无[10]?爱,便宜给你们好了。放在车上不会重。我们头份的竹笋,甜又嫩,像水梨,全省有名……"

"是啊,顶港有名声,下港尚出名[11],"有一位活泼的女香客,拦截春木的话,接下来说顺口溜。"爱无?你爱,你来我们屏东满州,我送你免钱啦!好无?"

一群满州来的人,听了之后都笑起来。春木觉得说的也是。他们也是乡下人,乡下哪里没有竹子?有竹子就有竹笋。"你们这么说也对。"说着跟人笑在一块。

轰隆轰隆,外头传来游览巴士频频催油的引擎声。有人走进来说:

"哇啊,游览巴士要掉头掉不过去了。"

"小心一点,不要撞到我的庙啊!"春木慌张地跑

---

⑨ 放尿:闽南方言,即小便。
⑩ 爱无:闽南方言,即"爱不爱"。无,即不,用于句尾表示反问。
⑪ 尚出名:闽南方言,即非常出名。

出去，屋子里的满州人又笑了。

满州人走了。这次值得告慰的是，这一趟香客里的五个信女，都向春木买了金炮烛和香，只可惜善男没拜。不过总共也收到三百块的添油香，作为成绩并不算好，但是有了开张就是好事。

春木回到众神宫，点了三炷香拿在手里，站在案桌前，对着众神嘴巴喃喃念起来：这样就对了。单单靠我春木仔一个人拜您们有什么路用⑫？要靠众人来拜啊！春木意识到刚刚念到众人一词，他自觉得有点巧，于是他接着说：是啊，众神宫、众神宫，就是要给众人来拜才会兴旺啊。我们不用跟北港妈祖和台北恩主公比，跟我们二结王公或是清水沟的佛祖庙仔比就好，对无？我不贪心，您们想想看，我每天单单烧香点烛，泡清茶的钱，我春木仔就快撑不住了。几年了？在我的手头就服侍您们二三十年了。您们也知道，我那三个儿子，他们不来找我要钱，我就偷笑了，我哪敢想靠他们。是啊，像今天一样，多带些香客来，保庇我春木仔健康，也保庇我三个无路用的儿子，平安大赚钱，孙子会读书。

---

⑫ 有什么路用：闽南方言，即"有什么用"。有路用，即有用。

庙口的草地被糟蹋得稀烂,春木早就看到了,只是忙,还没轮到它,让他的嘴巴叨念。等到里头的事办完后,春木出来再看到,青翠的草皮被游览巴士掉头,前后轮进进退退,扭扭转转,给辗压得像牛只来缠斗过,将草皮连根都翻了上来。现在的人可真没脚没手。春木叨念着。一小段路几步脚也不会走进来?这地方窄挤挤的,大车子也不会停在路口,一定得开进来?但是他又记起一件事来,觉得这样怪别人也不对。春木发现自己把最后的一枝路标,竖在路口往里指,人家当然顺着把车开进来啊。自责糊涂,一想到糊涂,就低头摸摸裤子看拉链拉了没有。他用穿塑料拖鞋的脚,左右来回地想把凹凸不平的地扫平,结果没几下,鞋耳断了。不是告诉你这样做没效吗?看!鞋子坏了。回去拿锄头来整才是头路[13]。春木进到屋子里,要做什么?忘了。看到屋子里的桌椅有些乱,走进厕所,他大叫起来,"这些查埔人撒尿都开岔了?怎么放尿放到两边了?嘿!真夭寿[14]哩啊,又不是一两个人。人讲生鸡卵无,放鸡屎

---

[13] 头路:闽南方言,即工作。
[14] 夭寿:闽南方言,表示很坏,不安好心。

一大堆⑮，就是这款。"他走出大厅，无意识抬头看看天。天就在那里。只会出大日热死人，也不会落些雨。春木的嘴巴就是这样，撮撮抿抿地叨念，他的话和子弹一样，不长眼睛，连天也挨了几句。

头一批香客来过之后，隔了一个多月，才来了第二批的香客。春木本来已经不再准备茶水等客人了，六部嘉义番路那里来的游览巴士，前两部拐进小路，却被两旁探出枝头到路上的莲雾树挡住了。司机一边怕刮伤车子，一边怕果农抗议，只好倒车出去。但是路小车大，两旁树荫挡视线，连老练的司机都倒得很辛苦。春木为这叫屈。一个多月前就说要把最后的路牌拔掉，又给忘了。在倒车的同时，春木陪带队的干事，向众神宫走。

"你们把车停在大路旁，走进来七八分钟就到了。"春木说。

"你说众神宫是拜什么神明？"

"噢，什么神明都有。你们来我的众神宫拜一遍，就可以省得再去跑二三十个庙寺。"春木话还没说完，那干事劈头表示不解。"我里面服侍二十七尊神明，要

---

⑮ 生鸡卵无：放鸡屎一大堆，意思是生鸡蛋的没有，拉鸡屎一大堆。引申为"没有付出，只会索取"。

问明牌六合彩，也有济癫可问。"

绕过一棵老樟树，就看到众神宫了。

"就是这里？"干事叫起来，"这里？"他不相信自己的眼睛，再问了一下。

本来想回答的春木，看人家惊讶到这种地步，也就不想，也不知道怎么回答好。

"你们插的路牌，也要比庙大嘛！"干事连走到众神宫的门口都不走，他转回头，还一边甩手，一边摇头。

春木愣在那里，一时没听懂人家的话，心里觉得很受委屈。他望着人家走远的背影，"连进去看看都不看，就说……"他想说了等于没说，后头的话就给吞了。但是嘴巴却不饶。懂什么？除了街上刻神明店的神明，比我的众神宫的神明多，全省大小间庙寺，有几家比众神宫的神明多？刻神明店比我众神宫的神明多是多；那里的神明还没装金身开眼坐桌，那都是柴尪木偶，怎么可以算是神明。不懂。不懂还乱讲，说什么路牌比庙大。这种生子没屁眼的话也敢讲。他回头看看被羞辱的众神宫。众神宫一脸无辜地待在那里，那门就像一张张开的无言大口。春木踌躇了一下，也跟着朝大路走去。六部大巴士起动引擎的声音，一波一波传过来，等他走到路口，最后一辆车，正好转个弯就不见了。路口的店头外面，也站了几个村人，目送车子走开。

"怎么？走了。"明知道的事，村人跟春木这样地打招呼。

"是啊，走了。"春木淡淡地回话。

"没烧香？"

"没烧香。"春木尴尬地露出笑容。

"可惜。都来到门口了。"

"脚长在人家身上，他不下来，你有什么办法？"

春木不想多逗留在那里，那些人倒是很有兴趣聊聊。他回头往小路走，走了一小段还可以听到那些人，在背后谈他的事。他们的话在这时候让春木听起来，是矛盾多义的。有同情他，为他惋惜；另一方面也可以听出几分讥笑，认为他自不量力。原来两旁的莲雾树，生动地伸到路面上的枝头，迎着春木。但因他一身落寞地走过，使得两排枝丫，像是不知该不该缩回的手，都僵在那里。

春木努力抚平内心的起伏。没下来烧香也好，这么多人。他在心里大概算了一下。一两百人都有吧。那不把庙挤爆才怪。这么多人上家里的便所,众神宫这边都会被尿淹倒吧。那怎么成?再说我也没有准备那么多的金炮烛和香来卖。春木想了很多应接不了的情况,心里舒坦多了;好像庆幸他避开一场灾难。然而才平静下来的心,又给另一股思绪激荡起来。那么多人,只要一个人添一百块的油香。一百块怎么会多?我也上过庙,要给起码也给两百。我说一百块是低估了,有的人给的是上千啊。如果一个人一百块钱,哇!那又是多少啊?摸一摸胸口,心纠成一团为惋惜所困。脑筋不知怎么翻,小时候到大坑罟大舅家的一组记忆,浮到脑海里来了。他在海滩看大舅他们,在海里牵罟网鱼的事。指挥二三十人拉牵鱼网的大舅,对着大家大声叫嚷:"放手!放手!网尾乌流⑯,快放手!"听到大舅慌张的叫声,大家把已经拉到一两股浪外的鱼网,松手放下,眼看就要拉上滩岸的鱼,大大小小又一一跳回潮头里去。因为鱼网卡满了鱼,如果强拉上滩,鱼网承受不住重量,会崩裂开,结果一条鱼也捞不到,讨活的鱼网也毁了,这岂不事大?当时连来靠绳分钱的牵夫,也一脸怅

---

⑯ 乌流:闽南方言,表示鱼很多,流水显黑色。

然，嘴巴说这样做才对。该得的就是你的，得不到的，原来就不是你的，道理这么明。说是这么说。事情过了好些天了，春木还是在想，如果再来六部游览巴士，要怎么留下他们生鸡蛋。这当然不是一件简单的事，最后只好对自己说："牛鳖呷巴豆，没有那个屁股，就不要呷那个泻药⑰。"

至于第三批来到众神宫的游客，他们是一家四口，开一部小轿车来的。他们并不是跑庙寺的善男信女，他们是台北市上班族，利用周休二日，到宜兰地区来玩的。他们在九号公路上，看到指往众神宫的路牌，感到好奇才随路牌的指引进来。当春木从竹林替笋子陷肥⑱回来，发现庙里有人走出来准备离开时，他堆满笑容打招呼。

"你们是来烧香的？"

"我们是来看看。"替太太抱年幼孩子的先生说。

"来，来拜拜一下，神明会保庇你们平安大赚钱。

---

⑰ 牛鳖呷巴豆，没有那个屁股，就不要呷那个泻药：闽南方言俗语。整句话的意思是"要量力而行"。牛鳖呷巴豆，牛鳖比巴豆小很多，所以不自量力。

⑱ 陷肥：闽南方言，即把肥料埋进植物的根部，再用土盖起来。

来。"春木积极留客。

"我们拜过了。我们在这里看很久了。"那位男士说,"这里拜的都是什么神明?"

"你是呷什么头路[19]?求明牌这里有济公活佛……"他话还没说完,被那位年轻太太的笑声给折了。在春木听起来,这时候并没发生什么事,有那么好笑。他说的话好笑?他愣了一下。这位在台大教文化人类学的先生,马上接话笑着说:

"我是教书的。"他笑着。

说教书也要笑,春木更疑惑。反正他的生活中,并没有追究到底的习惯,他接教授的话说:

"有!这里面的神明有文昌帝君。教册、读册仔[20],拜文昌帝君最合。"

"你为什么准备这么多的神明?"

"什么?"春木不解,"你讲什么准备?"他一时没有办法将准备和神明连在一起。

"我是说你拜这么多神明是什么意思?"

春木大概抓到意思,他抢着说:"你是讲我

---

[19] 呷什么头路:闽南方言,即干什么工作的。
[20] 教册、读册仔:闽南方言,教书的人,读书的人。

安怎㉑服侍这么多神明是吗?噢!这要讲起来就话头长。……"

　　他们选在老榕树下的树荫,坐在几颗大石头上谈起话来。教授毕竟是学院派的,他从庙的沿革直到发展,都抱着很大的兴趣;他不但做笔记,还拍了照片。春木以为可以上报,这样对众神宫也是一大宣传,他也很有兴趣无所不谈。这一点他和他的嘴巴,都相当一致,有问必答,还多说一些赠送。

　　春木说,从他的曾祖父谢成、祖父谢应传、父亲谢旺泉到他谢春木,都是他们谢家单传香火。特别是到了春木,从年幼到婚前,一直体弱多病,像风烛飘摇,害得除了谢家家人,连到别家端人家饭碗,冠了夫姓的婆娘姑姨她们,也都随时随地为谢家香火提心吊胆。当时只要春木身体一有动静,不是问神卜卦,就是找医生,听走江湖郎中的话。有时那些婆娘姑姨,不知从哪里打听来的偏方,一帖药有七八十味的药材。说到服药,春木过去吃药吃得死去活来,痛苦不堪的经过,现在说起来,倒是有几分骄傲:"呷药仔?都是用灌的。有的抓

㉑ 安怎:闽南方言,即怎么。

头,有的抓手抓脚,有的捏鼻子。我仙[22]挣都挣不开。每次未灌我就先哀叫着等。在灌的时候叫得更难听。邻居一听到我哀叫,他们都说我们家里又在刣猪了。"说着春木自己也觉得好笑。

教授心里有点急,春木说了老半天,还没谈到众神宫的事。看样子离众神宫还远。读小学一年级的小男孩,耐不住了,开始在妈妈身边扭捏。教授侧过脸看小孩笑笑。

"Go!"太太轻声地说。

"No! Sorry, I'm getting a wonderful case."

"安怎?"春木问。他很怕他们要走。

"没事,小孩子在吵。"

"来,阿公仔带你去看一件东西。"

"去,跟爷爷去看好玩的东西。"爸爸说。

春木带小孩走后,这里叽里咕噜轻声争论起来。

"啰哩叭嗦,要听他啰唆多久啊。"

"以前我的课你是怎么上的?乡野调查的访问,乡下人通常没有时间观念,讲话没头没绪。我们要的东

---

[22] 仙:闽南方言,即如何如何努力。

西，和他啰哩叭嗦的东西是整体的，访问者没有办法，也不能在访谈中，就剪辑整理好报告。你要他一问一答，结果什么都得不到……"

"我不想再上课了，读得再多也是你的佣人。"

"不要乱讲。"

"你不会下次再来？"

"It's good timing! You know."

春木回来了。小孩子显得很高兴。他骑一部也可以说是世界上唯一的一部，用木头钉的三轮车。教授他们看了，觉得那车子傻可爱的，令人见了就愉快。

"这是我钉给孙子骑的。他们不住在这里，车子就扔在壁角闲闲。"

看了孩子骑在那么可爱的三轮车上，笑着叫嚷过来的情形，教授他们之间的嫌隙，给愉快的气氛充塞了。他们赞美春木的手巧。春木得意地又说，他会钉这个钉那个地又另辟一条潺潺流水。教授在适当的时机，插话问：

"这众神宫是怎么来的？是谁创办、谁出钱？怎么发展过来的？"

"噢，这讲起来话头就长啰。"

教授和太太一听，他们同时暗地里在心里叫惨，但惨得好笑。他们的笑脸反而鼓励春木来劲。

春木眼神一翻，又回到很久很久以前。他说每尊神明菩萨，都是他一次一次害重病的时候，请来坐镇安家、求药签的。甚至于让他给这些神明做客子㉓。

"这些神明都愿意收你做干儿子？"

"这还不简单。"春木笑着说，"神明不会说话，也不会点头摇头。我们跟神明讲话，用掷神筊问它；它不答应，掷久了，最后总是会有一次掷出来的是答应的神筊。"

"可以这样吗？"教授不解。

"怎么不可以？比如说家人问神明，是不是要收我做客子？如果掷出来的是一翻一覆，表示神明答应了。要是掷下去的神筊，两片都是翻过来的，这叫笑筊，神明觉得好笑，可以再掷一次。要是神筊两片都覆盖的话，这叫覆筊，表示不答应。但是，我们可以换个问法，或者说，是不是我刚才没说清楚？然后再说一遍。说完了再掷，这样下去，自然就会有一翻一覆的神筊出

㉓ 客子：闽南方言，即义子、干儿子。据台湾和闽南地区的民间习俗，小孩子让神明收为义子，便可以躲灾避难。

现。如果掷了多次得不到神筊答应,换个人来掷……"

教授笑起来了。"这不就是赖定神明吗?"

"说赖就不好听。就是这样掷神筊求神问佛就对了。"

"你们看我众神宫里面,有几尊神明,就知道我害了几次大病;小病还不算呢。"

"后来就不再生病了?"

"说也奇怪,结婚后就好像没生过什么大病了。"春木笑着说,"谢家到我这一代,才连生三个查埔。要不是我的查某人[24]怀第四胎,挑水摔倒流胎[25]不再生,不知道还要生多少啊。"

"Hormone。"教授怕太太不耐烦,特别转头过去对她笑着说。

"是啊,贺路梦(Hormone)。也有人这么说。"春木用日语的外来语说荷尔蒙一词。

"老伯伯,你不简单,我讲英文说Hormone,你也听得懂。"

"英语。英语我只会ABC,狗咬猪……"春木念起

---

[24] 查某人:闽南方言,即对女人的称呼,这里指的是老婆。
[25] 流胎:闽南方言,即流产。

以前的一句童谣。"电视广告也常常讲。还有我们查埔人也常常把贺路梦当笑讲。"

话又讲开了。春木谈到他改了几次名字，最后才决定用谢春木。这是听一位来化缘的老和尚建议。他说"枯木逢春犹再发"，还有什么"向阳花木早逢春"啦，才改为春木。等到春木生了三个男孩，他的身体也健康起来，这些到底要归功什么原因，也不容易弄清楚。当然二十七尊神明菩萨是不能置疑之外，经老和尚的改名，三姑六婆纷纷提供的偏方，还有太太的贺路梦等等都奏了效才对。

谢家增添了几个丁，叫他们三四代人松了一口气，这是很重大的一件事。但是，春木现在一谈到三个儿子，在言谈之间，却显得很泄气。这和当时大儿子出生，婴儿替春木在缺丁的谢家亲族里面，争了多大的面子。当时家里再怎么穷，都得好好向神明菩萨还愿。一头猪是买不起的。想押秧借高利贷，又逢兰阳地区三年来的水患。他们尽了最大的力量，打算买一个猪头和一根猪尾巴，算是有头有尾代表一头猪来还愿。可是大姑不答应，说跟神明说好要杀猪敬拜，绝不可马虎抵赖。没钱大家凑。买不起大神猪的猪公，小的也没关系；神明可以谅解穷人。"神明就是这样,不然怎么当神明。但是不能跟他耍赖。"大姑登高一呼,婆娘姑姨们,出钱的,捐金戒指的,总算够他们买一头人家一窝猪里,养不大,养不到一百斤的猪,杀来还愿敬神。虽然村子里有些刻薄的话飘进他们的耳朵里,说谢旺泉杀一头猪,像一只瘦羊。可是这总比被说成什么"一个猪头,一根猪尾也要算一头猪啊㉖"来得好。接下来,生第二和第三个儿子时,他们家境还是杀不起猪。好在这两次许愿,都没说要杀猪。替代的是,整个村子三十多户人家,一家不漏地都送了油饭加一颗红蛋。哪知道几代盼下来的三个男丁,春木一提到他们,吐了一口长气说:"不说也罢!"

　　教授安慰他:"有三个儿子,好命啊。"

　　"虎命,虎命被虎咬了,虎命!"春木将闽南话的"好命",以谐音说成"虎命"。教授没听懂,经春木解释之后,觉得很有意思。他表示以后还要来找春木。他们回去之后就没再来过。不过留下一张名片,春木把它夹在钱包里,和身份证放在一起,他常常拿出来告诉

㉖ 一个猪头,一根猪尾也要算一头猪啊:闽南方言俗语,意思是以偏概全,随便充数。

别人，作为他有一位博士教授朋友时的证物。至于其他人，也好像再也没人来过。春木记不大清楚了。

春木从同年添福的丧礼会场回来，先到众神宫。他站在大门口，双手合十朝里头众神拜拜，然后顺便想走进去，像平时那样，向神明报告一点什么的，诸如这一天，他想说些有关添福的告别式，同年的女儿和自己的三个儿子的事。脚还没移动，家里那一边的电话声传过来了；其实已经响了好一阵了，只是他心事重重，没注意到。他三步并一步地赶过去，最后的铃声，是他拿起话机的同时就停了。他平时电话就不多，偶尔有个电话落接，心里就觉得像掉了什么重要的东西。他的嘴巴就开始叨念，频频撮撮抿抿数落自己。前些日子，也有一两次是这样；等他绕过那一道九芎仔舅的生篱转进屋子，电话铃早不停晚不停，就在他伸手拿话机的时候停。他为自己缓颊，不叫嘴巴一味怪自己，他会说是打电话的人没耐心。他每次落接电话之后，就计划把生篱开个口，好让他从众神宫这边，径直即可走进家里。想是想了，说也说了不只一两次，就是欠随时拿起锄头，挖掉几棵九芎仔舅。拖，拖，拖到现在，矮矮的九芎仔舅，都快变成乌桕了。老了，没路用，只剩下一张嘴还没死。春木在电话旁踱方步，一边这样地说自己。电话又响了，只响一声，话机已经在他的手上。

"谁人？"春木紧张地问。

"我，谢生龙啦。"对方的声音很冲。

"谁人？"更大声地问。春木被一个熟悉又生疏的名字弄糊涂了。

"阿爸，我阿龙啦。旺仔说你把土地所有权状，让他拿去银行抵押贷款……"整槟榔摊的阿龙，话说得很急，话还没说完，被春木抢过去臭骂他一顿。

春木无法听完对方的话，他只听到对方是老二阿龙，竟然以报名报姓使性子的那种语气和言词，叫他困惑和生气。"你说你是呷什么？"春木故意把"谢"字念做"呷"字，这两个字同音。"你呷屎啦！你跟你老爸讲这款无大无小的言语，你讲你呷什么？呷了米，呷屎啦！……"令春木更生气的是，他在电话中，还听到那一位盘丝洞蜘蛛精的媳妇，在旁叽叽呱呱咬耳朵，教阿龙说这说那的声音。

春木和阿龙在电话中，虽有斗气，双方的话大概也都听清楚了。原来阿龙一大早，老大谢生旺打电话告诉他，说父亲答应他，拿土地去银行贷两百万，准备和朋友合伙到大陆投资水电生意。所以阿龙才急着打电话找春木。他找了一个早上,电话一直没人接,事情让他越想越不对劲,认为父亲决定这么重大的事,都没跟他们商量。他还说下午要回来。

"你不要回来!我不在。"

春木才放下电话,电话铃马上又跳起来。本来不想接,但是话机已经贴在耳朵。

"阿爸,你真难找啊,找你一个早上电话都没人接。刚刚接上了,又遇到你在讲电话。你是跟谁讲话讲那么久?"老三的语气也焦急得好不到哪里去。

"无啊!你们兄弟今天都吃错药了,造反!刚才是阿龙跟我大小声,现在换你来。是安怎?我欠你是吗?"春木也没有好口气。

"阿爸,我是阿发,不是旺仔。"

老三阿发也是为了同一个问题,打电话回来问,还想阻止。春木要不是生气发火一身烧,听到三个儿子在他未死之前,就为家里这一块地各自主张的事,早就被骨子里冒出来的一股寒劲给冻僵了。老三也说要和阿龙一道回来。

这次春木气得决定不再接他们的电话了。电话才放下,电话铃又把春木吓了一跳。他告诉自己说:"不要接。"电话响到第三声,他还气呼呼地对电话说:"不接啦!"铃声响到第五声,话机已经贴牢在耳朵:"喂?"

"阿爸,是我,旺仔啦。"大儿子的声音缓和多了。

本来想劈头就骂过去,但是人家的语气没有理由让他这样反应。前面的电话惹他生气,气也没有那么容易消,再说,前面的电话也是旺仔惹的,春木虽压制自己一下,语气还是有些不耐:"安怎?"

"你下午不要出去,我想回去看你。"

"七月芥菜假有心㉗,我知道,你要回来谈那一块地的事。免讲㉘,你不要回来。"

"呃,阿龙他们跟你说了什么?"

"不是他们讲,敢会㉙是鬼讲的!"

㉗ 七月芥菜假有心:闽南方言俗语。原意是:七月的芥菜,叶子卷起来,好像有包心,实际内里空空。后引申为一些弄虚作假的人或者行为。
㉘ 免讲:闽南方言,即不用讲。
㉙ 敢会:闽南方言,"难道是"的意思。敢,放在句首,常用于反问句,有"难道"之意。

"不是这样的……"

"不是这样，无是怎样㉚？"

"这不是一两句半话就能讲清楚。下午，下午我们见面再慢慢讲。我会带小孩回去，大的去上学，我带小的回去看你。"旺仔晚了好几年才结婚，小孩还小。

"你最好不要回来。"

他想，从台北回来头份，不要两三个钟头就到家。他走进农具间，把那一辆木头钉的三轮车，还有一只摇马，搬出来清理一下蜘蛛网和尘粉。想象小孙子喜欢骑在上面的样子，心里也不无欢喜起来。可是愉快的心情，突感到一份尴尬上心头。那就是旺仔说的小的，他到底是谢英才阿才呢？或是谢得钦阿钦仔？春木一边怪自己老了，记性不好，同时也怪旺仔，说老了才要带孙子回来看他。他跑进屋里翻抽屉，找出相命仙以前替两位小孙子相命造流年的命册。他翻开一看，才知道小的叫作谢英才。顺眼翻看，"壬午年犯水"。这孩子今年犯水，不可靠近水边。春木觉得十分庆幸，让他翻到！孙忌近水的警告，等小孩子的父亲回来，要记得提醒

㉚ 无是怎样：闽南方言，即不是这样那是怎么样？

他。才抱着期盼儿子带小孙子回来，心情又给土地的事搅慌了。除了生气，怕的成分也不少。对这一笔祖产，三个儿子各有主张，他自己是不曾想过这个问题的。现在很快就要变成棘手的大问题，摊在他的面前。春木一点把握都没有。他从家里的大庭，走到厨房，再走到后院早不养猪的猪圈，绕到另一边的农具间，又回到大庭地，就这样无意识地走动，绕了几圈。最后才拿定了主意似的，绕过九芎仔舅的生篱，走进众神宫，一脸无助地望着众神。看到神明菩萨神像的庄严神情，春木浮动不安的心情，稍稳定下来。他随手拿了三炷香点着，恭恭敬敬站在主炉前，虔诚面对众神礼拜，把香拿到胸前，袅袅烟雾把春木的眼睛熏得眯成一条线。

春木微仰着头喃喃地说：

众神啊，
客子谢春木诚心诚意恳求您们，
恳求您们保庇谢家三个囝仔，
旺仔、阿龙、阿发平安顺利赚钱，
不要让他们一日到晚，
对谢家祖公仔田动脑筋，

谢家代代留下来的田地，
就亲像天顶的天星，
一粒都不能随便打损敢不是？
众神，您的客子谢春木恳求您们，
求您们保庇谢家事事平安无事，
众神，您们听到了吗？
众神啊，我……

春木无助感和诚恳的心意，面对至高无上的神明，道出内心的恳求时，清楚地意识到自己极其渺小，而又变得脆弱易碎。三炷香把他熏得泪水盈眶。他止不住地一口一口深深呼吸，身体还浑身颤抖抽缩了一下，那种感觉像神明的圣灵，穿过他的身躯，时间短暂，一下子就过去。可是原先怯怕儿子们回来，为田产争吵的心理不见了。春木就等着他们回来。

他把手上的三炷香，端端正正插在香炉，退后一步空手拜拜之后，那一张自立门户的嘴巴醒过来了。春木站在案桌旁的边角，和过去常发牢骚一样，斜对众神，像是面对老朋友，开始怪起他们来了。怪他们不够意思。他说，不要说我父亲上去的他们啦，就拿我谢春木当家做主人开始,无日间断服侍你们也有二三十年了吧。无功劳也有苦劳啊。你们保庇我们谢家添丁,让我生了三个儿子,这当然感恩不尽。但是,你们没有帮我教孩子啊。春木看着关公关帝君。你不是最讲义气?在旺仔、阿龙和阿发他们身上,根本就闻不到忠、孝、仁、义。不说那么多,孝字一点点仔都无。让你讲,安尼敢讲得通㉛?春木愈说愈来劲,总觉得老朋友理亏。一只红头苍蝇从外头飞进来,飞到土地公的鼻头,春木靠土地公很近,他挥手赶了一下苍蝇。小虫子飞开了又飞回原来的鼻头。土地公伯啊。春木说,我们的竹笋园在哪里,你又不是不知道。最近竹笋,特别是长得肥大的,常常被笋龟仔从笋腰吃一个大洞。这种笋子拿到菜市场,送人人家也不会要。你要我谢春木怎么拜,你才肯帮我赶笋龟仔?一年三百六十五天,缺时不缺日,哪一天不泡茶烧香?年节三牲酒礼,哪一次有欠周到?不是我春木讨人情,你们众神大家想一想,就算我谢春木不是你们的客子,这么长久服侍敬拜你们,你们也会保庇他才对啊,无讲我是你们的客子敢不是?考试到了,

---

㉛ 安尼敢讲得通:闽南方言,即这样难道讲得通吗?安尼,这样。

电视新闻播出人家的文昌庙，母亲带孩子人来人往，门槛踏得都要塌了。我们的众神宫文昌帝君，你也应该去分一些学生过来拜啊。不要说是为我谢春木，你们众神也要为你们自己想想看。住在铁皮屋里，冬天冷得要死，夏天热得肉都熟了，难道你们神明都不怕冷不怕热？你们都不曾想过，要有一间像样的庙宇？有一间像样的庙宇多派头。我谢春木一直替你们想。要钱啊。没钱什么都免讲。但是没有进香团来进香，没人来踏庙门，钱要从哪里来？人讲神通神通，你们二十七位神明。春木脑子里灵光一闪，他得意地继续叨念。你们二十七位神明，各显神通，去全省各地找带头的人托梦，指点他们来进香，显灵给他们看看，咱们众神宫庙不在大，有你们则灵。如果你们肯这样做，不要说我们众神宫是在头份，说在大雪山，都会有人攀上去进香呢。有很多庙宇香火为什么旺？因为神明常去给人家托梦显灵。

春木的心情舒坦多了，二十七尊神明让他这般恣意叨念，换是他的儿子才不可能。那种态势冲昏了他的头，眼看主炉上的三炷香，快只剩下香脚，他叨念的兴致不见递减。今天我春木三个儿子，他们都在为谢家八分多地田产争执。你们知道吗？众神宫的占地，也在这笔土地上面。如果地被他们处分了，我看我们都变成游民罗汉脚。春木大大喘了一口气说，变成游民我是没关系，你们恐怕就不习惯啰。那一只红头苍蝇，仍然停在土地公的鼻头搔头弄翅，再度引起春木的注意；其实是分了他的心。他这一注意，使他看到原来就被雕刻成一副哭不得的笑脸的土地公，他话题一转，笑，我谢春木讲的是实话。春木和平时一样，一遇到什么不如意的事时，不是把神明的地位摆在天上，仰首恳求敬拜，即是把神明平放下来，将他们当成老朋友，可诉苦、可埋怨，甚至于责怪。今天倒是增添了新内容；那就是祖先留下来的田产，在三个儿子的争议开端，令他感到田地难保。以前老跟人说什么时代变了，可是这一次才真正叫春木，确切地体会到时代真变了。

家里那一头的电话响了。他打住跟众神的谈话，快步地绕过生篱跑进屋里接电话。他像棒球的外野手，接到快着地的高飞球。他没等对方说话，上气接不上下气抢先说：

"稍……稍等，让我，让我喘个气……"

"喂！圣荷西汽车旅馆吗？"

咔嚓！春木气得一下子就把电话挂断，随口骂了一句："青红灯，派出所给我看成查某间。[32]害……害我老命差一些就休了。"

也是近一两个月的事，这一家汽车旅馆的电话，老打到家里来。有一次接烦了，回人家说是棺材店，结果对方不饶，连续打了几天电话来骚扰；有时还在深夜里打来。那一阵子，家里的电话铃一响，令春木困扰不已；要接也不是，不接也不是。平时不怎么联络的儿子，说今天回来，怕是他们的电话，所以今天的电话声，变得特别令人敏感。

一通跳号或是误打的电话，把春木从众神宫吸回来，一时也不知做什么好，他这里走走，那里摸摸，在厨房看到菜刀，心里强力一怔。唷！这不收起来藏还得了。那个刺龙刺虎的死囝仔阿龙回来，三个兄弟为土地谈不拢，拿刀子相剖就惨了。老二阿龙确有过两三次这样的记录。春木不只将菜刀，还有柴刀、火挟之类的铁器，都把它们藏在八脚眠床的底下。有了这个顾虑，

---

[32] 青红灯，派出所给我看成查某间：闽南方言俗语，意思是：因为有青红灯，派出所便当成是红灯区被打压。引申为被冤枉、被误解。

它就像顽皮的苍蝇，癞痢头走到哪里，它就跟着飞到哪里。春木神魂有点不定，他晃到众神宫，又点了三炷香，仰着头对众神祈求：

> 众神啊！您的客子谢春木恳求您，恳求您，
> 保庇三个儿子回来，和和气气，
> 不要让他们冤家，
> 您的客子谢春木恳求您，恳求您……

春木把手上的三炷香插好，正想跨出众神宫，突然回头。他站在案桌的边角，担心地面对众神说：

众神！我方才拜托您们的话，您们都听清楚了吧。我那个第二的，设槟榔摊的那个阿龙，兄弟里面，这个最野，您们就替我看好，不要让他乱使来。关帝君，您是武身，阿龙就交代您了。

众神！有人没人来进香，后回再讲，您们千万千万就不要让他们兄弟冤家相打才好。有听无！

春木晃啊晃，从小路晃到马路口。离儿子们回来还有一段时间。但是，好像没让春木看到他们回来，这段时间就不知道要做什么好。如果问春木来路口等儿子？他不清楚，也不会承认。离路口不远的桥头，有一部游览巴士，停在那里换轮胎。听说是南部的一家养老院，载一群老人环岛旅行的。车上的老人都下车，有的在就近走动，另外有十多个人，排一排地坐在水泥桥栏上，不怎么讲话，也不怎么动。春木被里面一张熟悉的面孔吓了一跳。那不就是开漳圣王吗？把众神宫里面开漳圣王的胡须剃掉，就是这个模样。然后再看看其他的老人，奇怪的是，有几个人和众神宫里面的神明，都有些神似。那不就是土地公？还有济公、吕祖，哟，牛埔仔王公……原来想靠近他们搭讪的春木，他愣在一段距离，往桥栏那边看。坐在桥栏上的老人，本来并没有一致的焦点，可是，在他们不远的地方，有一个人那么惊讶地望着他们，他们也无法不好奇地回望春木。他们这一回望，春木又看到清水祖师和试百草的五谷王。春木心里那一股莫名的着慌，越来越高涨。他回转头想离开，低头一看路，看到娃娃脸满头大汗蹲在那里的司机。他抬头看看春木。呀！这不就是三太子哪吒？

春木朝着小路，心急急地跑，脚步却装得平常，不过走起来就不自然。他想，这太巧合了。巧合？一两个人长得像还算巧合，坐在桥栏上的老人都像，这怎么是巧合？春木害怕地一边走一边喃喃念着：

"众神啊！您们误会了。我谢春木一支嘴乱乱讲㉝，但是无歹意。真正的，我绝对无歹意，我可以咒誓。我谢春木如果心存恶意，五雷击顶，绝子绝孙……"

在大樟树那里转个弯，众神宫就在眼前。春木大踏步走到庙前，先双手合十拜了拜，再跨进庙里点了三炷香，恭恭敬敬，仰首面对众神。他正想开口说话时，他退后一大步，跪下来：

众神啊！
您的客子谢春木恳求您们
恳求您们……

㉝ 一支嘴乱乱讲：闽南方言，即一张嘴巴胡乱讲话。

编按：二〇〇一年秋天，黄春明受邀至东华大学担任一学年驻校作家，于创作与英语文学研究所开设小说创作课程，期末师生联名出版小说集《众神的停车位》（远流出版，二〇〇二年七月），收录《众神，听着！》（原载于二〇〇二年五月四日至十一日《联合报·联合副刊》）及东华大学创作与英语文学研究所学生小说创作十二篇。

金丝雀的哀歌变奏曲

她回眸转睛望我一下,
我就知道
她在告诉我说:"爸爸,爸爸,
我好想变成金丝雀好不好?爸爸?"

我的女儿无语七岁，她自闭又是先天性气喘，体弱多病；医生说她的心肺都很脆弱。

真是可怜啊，每年湿冷的冬天，好多她的朋友，她特别喜欢的动物，它们大大小小都躲起来冬眠，无语却只能半躺在垫斜起来的床上，流着泪努力呼吸空气熬苦。妻看在眼里，心痛得只能偷偷饮泣，所以在冬天，妻的眼睛就像红蜻蜓。而我常常整夜跑到屋外河边，借抽烟叹息吐气。那时，偶尔也曾经看到划过天空的流星。但是没有一颗是抓得住，好让我挂上心里头最最急切的心愿。

真要感谢春天。她来了，无语终于可以躺下来睡了。对别人来说，就这么简单的一件事，妻就从无语的房间，蹑着脚跑到书房，兴奋而激动地抱住我，忍俊喜极的泣声，告诉我无语睡了。

"我去看看！"我蹑着脚像猫走进无语的房间。无语真的睡着了。好可爱啊！她是我的女儿无语。我在心里骄傲地这样告诉自己。她睡得和卡通影片里的睡美人一样。我转身去拿来相机,妻用严肃的目光瞪我一眼;她怕我吵醒无语。

有一天,我给无语买了一只金丝雀回来。金丝雀是半自闭症的小鸟,整个冬天噤若寒蝉。不过它比谁都先知道春天的信息。当春天才翻过山仑准备滑下来时,它就欢喜地鸣唱起来。无语好喜欢金丝雀,她听到金丝雀叫,脸就笑得像一朵小花,贴近鸟笼。看她那样子,好像恨不得自己也变成一只小鸟,想挤到里面去。

再谢谢春天。妻的红眼睛也褪了;这才像样。我也不必半夜里,在寒风中一根接一根地抽烟了。

有一个假日清晨,我和妻在床上,被一串串玉笛伴银铃的乐音,给惊醒过来。原来无语早就起来,把金丝雀放出鸟笼,小鸟停在灯罩上鸣叫。她站在椅子上,举起双手仰头笑。无语只穿一件单薄的小睡袍,从窗户斜射进来的阳光,竟那么刻意地聚在无语的身上,只差一对背后的翅膀,不然无语不就是小天使?

"不要去惊扰她。好美啊!"我们躲在门后偷看。我小声告诉妻。妻说了一声:"不行。"她回头去拿一件外套过来,并对我说:"什么好美?她感冒了怎么办！"说着就去给无语加衣服。

为了无语的事，我常常挨妻骂，不然就是被瞪眼。对同样的一件事，我和妻所注意的地方不同。特别是针对无语，妻的坚持比较合理，我说我自己是比较浪漫。妻说是糊涂。

无语爱一个东西，或是想要什么东西，要怎样的时候，比谁都专念。可惜她不开口说话，我又帮不了忙。当她专注地看着金丝雀的时候，我在背后轻轻问她："无语，你很想变成金丝雀对不对？"

她回眸转睛望我一下，我就知道她在告诉我说："爸爸，爸爸，我好想变成金丝雀好不好？爸爸？"

"变成金丝雀？"这话让我感到怅然忧伤。但是想了想，如果无语会快乐没有病苦的话，为什么一定要她像现在一样？"可是，无语你要变成会唱歌，又没有气喘病的金丝雀喔。"当然我心里也想，希望她有一天叫我爸爸。这个要求不会比她想变成金丝雀更难吧。我把这个话告诉妻，她笑我说："你们这些写文章的人，就是这么爱胡思乱想。"

春天固然美妙，但冷暖由她，我们难能预料。有一天夜晚，天气变冷了。无语的呼吸，轻微地发出破风箱的杂音,那对我们来说是一个警讯。该睡觉的时间早已过了,无语还是不想离开金丝雀。这种自闭症的小孩,一执着起来就很难拗过她。如果强行我们大人的意思,两方面都会弄得不愉快,或是小孩子哭闹不停。要是让无语激动了,有时会变成呼吸困难,引起气喘急促。我和妻耐心劝她好一阵子,她还是不为所动。我悄悄暗示疲倦的妻,要她先去休息。无语我会等她睡着了,再抱她进去睡。

后来无语终于显出倦意,我慢慢地,轻轻地,怕激起她的精神,我重复前头的一些话说:

"无语,你听爸爸说。已经很晚了,金丝雀好想睡觉,它不睡觉明天就不会唱歌,黄色的羽毛也会变成黑色。还有爸爸和妈妈也要睡觉。电灯也要睡觉。……"无语没等我说完,她溜下椅子,趴在窗台面向漆黑的窗外。这至少表示她愿意离开鸟笼,让金丝雀休息。我把鸟笼挂回原来的位置,对金丝雀说:"小鸟,你要谢谢无语小姐姐哦。她让你休息睡觉,等一下小姐姐也要去睡觉。明天你要唱歌向小姐姐说谢谢噢。"说完把鸟笼加上布罩。

无语趴在窗台,我只能看到她的背后,可是却让我想到外国的一张圣诞卡：一个小女孩，双手托腮趴在窗户里面的窗台，巴望着外面的雪景，等待圣诞老人的模样。无语这时候所看到的窗外，只是深蓝的天空，还有几颗疏落的星星。"流星！"正好一颗流星划过。"无语，看到流星没有？"无语望着流星划过的那个角度。"你看到流星有没有许愿？看到流星要很快很快，在你心里面，说你想要的东西，说你想做的人，想做的事情。我刚才向流星许愿了，我希望无语有一天叫我爸爸。你再看到流星，你要许愿好不好？"

　　我陪她好一阵子，窗外还是深蓝的天空和那几颗眨眼闪亮的疏落星星。我稍离开她到书房抽根香烟。才瘫坐下来深深吸了一口烟，再深深地吐出一口气，就这么简单，感觉上就像一片屈卷已久的干茶叶，浸泡在水里舒展开来。无语推开半掩着的房门，探头看了我一下，回头就跑了。我晚了几步跟在她后头，我叫她，等转到客厅，我看到她的时候，她和先前一样，还是趴在窗台看着外面。我靠近她。无语回眸转睛看我一眼，确定我是否跟上来。我弯下身随着她的仰视往上看去，天空仍然深蓝，星星一样疏落在那里。倘若只是这一张窗景，无语不至于，也不那么轻易地能让她跑来招我注意。

"无语，告诉爸爸，你叫爸爸来做什么？"她当然不会回答，我还是停了一下。"你是不是看到什么了？"她回头看我一下，很快把脸别回去。"你看到猫咪？看到小狗狗？……"我实在想不出，还有什么东西在这个时候，经过窗口让她看见，又引起她跑来向我示意？无语仰望天空的小脸蛋，清晰地映在玻璃窗上，我被她那可爱又可怜的气质感动。我轻轻移近她的背后搂着她。她仰望天空的角度没变地，将背依偎过来。知道吗？那种做父亲的感觉，好幸福啊！然而，无语对我们来说，每次我们从她那里，享受到幸福感的同时，也是我们最心痛的时候。有什么办法？真是无语问苍天啊。无语这个对女儿的昵称，就是这样来的。

不知有多久，无语睡着了。嘘——，不要吵醒她。我从一开始搂着无语，就不敢改变姿势的身体和胳臂，早就僵痹酸麻；要移动又要不吵醒她，实在没有把握。我正在苦撑苦恼的时候，妻出现了。她轻轻抱起无语，我才开始像一条从冬眠苏醒过来的大蟒蛇，一点一点地蠕动身子。等妻把无语安放在床上回来时，我还没完全展直身体。"你没睡？"只这么平常的一句问话，却惹来妻过分的认真：

"我能睡吗?"

我不理她的话。我勉强举起还没能伸直的胳臂说:

"你还记得吗?以前我们幽会,你的头枕着我的胳臂睡着了。我的手酸死了,但是不敢把手移开。等你醒过来,我的手也死了。"

"你还有心情说笑话。"她笑了。

"真的,怎么会是笑话。"妻爱喝红酒,我建议说,"那半瓶红酒酸了没有?那么久了,拿来把它喝掉。"

妻去拿酒,我把新买回来的CD,Andrea Bocelli唱的"Time to Say Goodbye"轻轻地让它流泻。我喜欢他那种像是一堆拉丁情调的薪火,燃烧到最后明明灭灭的沙哑歌声。妻脸带笑容,一手托着两只高脚杯,一手拿着红酒走过来,悄悄地说:"今天不行乱来呃。"

"真的?"

"嗯!"

有些人的幸福是招嫉的。自从无语来到我们夫妻身边之后,几乎只要我们有片刻的幸福,像是连喘几口从容的气,就被那个叫谁来着的,要我们别得意。我们才轻轻碰杯,从里面突然传出无语急促喘不过气来的挣扎声，震惊了我们。当我们迅速冲进无语的房间，无语缩成一团，呼吸困难得在床上弹动，整张脸色发紫。我们很快地把她送到医院急救，还紧急找到固定替无语看病的蔡医师来。看到深深自责的我们，蔡医师安慰我们，说我们虽然住在稍偏远的郊区，谁都没耽搁时间。就是发生在医院，这种心肺多样性猛爆型的急症，任谁都没把握。其实蔡医师几年前，早就警告我们，要我们心里有所准备。起先我们还怀疑他的话。我们在不同的时间，偷偷带无语到台北大医院，找过几个名医。结果他们也都这么说。所以我们平时，只要无语一有些不寻常的动静，我们夫妻的神经就绷紧得要命。蔡医师一再强调说，无语的时间早就到了。

说也奇怪，无语才走，我们虽陷入极度伤心，可是，我心里却像放下一块大石头。我准备挨骂的，将这种感觉告诉正在我的怀中哭泣的妻。她听了我的话，抬起泪眼，带着浓重的鼻音说："不要在别人面前说这种话。"她的谅解令我觉得安慰。我还哽咽着把无语发病前，趴在窗台巴望天空的事告诉妻。

"……我猜她一定是看到流星，并且还许了愿吧。"我停了一下，"无语一定许了愿。你说她会许什么愿呢？……"

可能我说得有些傻气的坚持，妻说：

"你想女儿想疯了。"她反过来抱住我的头。

我挣开来说："无语会许什么愿呢？她，她最想做什么？最爱什么？一个七岁可爱的小女孩，她，她会许什么愿啊？……"我哭了。我心里很清楚，有一股力量，正让我这般近乎伤心过度，而喋喋一连串不合情理的言语，竟这么不能自主地从自己的口中流出。现在我才明白母亲丧夫的时候，那些旁人听起来像是傻话，她却独自一个人，有时在父亲灵前，可以喃喃自语哭上整个晚上。我又是一个旁人，在听着我的傻话："无语，你是不是许了愿？许愿有一天要开口叫爸爸？有没有？你有没有这样许愿？……或是你许愿要变成一只金丝雀？对！你许愿要变成金丝雀，会唱歌的金丝雀。爸爸知道……"

我们送无语到太平间，当工友要将抽柜推进去的时候，妻崩溃似的把着抽柜，不叫人把无语推进抽斗里，而再度号啕大哭起来。我把妻抓牢抽柜的手，一根一根扳开指头；没想到，她的手比抽柜的不锈钢还要坚，还要冰。握住这样的手，我几乎完全清醒过来了。这里面所有的事物景象，全穿透我的心。我清楚地意识到，只有一个支点，颤巍巍地支持我在崩溃的边沿。我费了很大的力气，连哄带骗，搂着妻走开。妻一路不愿而疯狂地捶打我的头脸，一步一步，步出太平间的大门。当大门碰的一声响，妻像中弹地瘫在地上了。好在工友帮忙，把妻送到急诊室。结果医生看着我，说我也需要打点滴。我和妻一人一张床，躺在那里的走廊等待妻的复原。

其实我不认为我像妻说的，我伤心过头语无伦次。我心里一直相信，无语在窗前看到了流星，也深信她许了愿。至于许了什么愿，我推想的结果，无语是希望她变成一只金丝雀的。天底下只有这个答案。如果我认为还有其他的话，这才真正昏过头了。我揑着无语长大的怎么会不知道。今年春雷一响，春雨也来了，金丝雀开口鸣唱，我就把小鸟带回家。无语向来就没有喜爱过一样东西，是那么持久和投入。无语坚持要自己替金丝雀放饲料和换水。虽然她做起来笨手笨脚的，但是我们要求她拿抹布把水迹擦干净，拿扫把来打扫，她都愿意学，愿意做。无语一天里面，花在金丝雀身上的时间，比起做其他的事情还要多。我想无语一定是看到了流星，许了愿希望变成金丝雀的。我得了答案，兴奋地想告诉妻。我侧头看她，她还沉睡未醒。因为她的点滴里，加了镇定剂。护士说再过一个小时就会醒过来。

天已经蒙蒙亮了。在回家的路上，我很认真地跟妻谈了两件事。我说无语真的看到了流星，不然她不会来房间找我，并且她已经许愿希望变成金丝雀。妻听到最后一句，才睁开眼睛瞪我一眼。她的不相信是可以理解的。当时她在卧室。我不想跟她争论。第二件事，我建议妻，暂时不要让亲戚朋友知道无语的死讯。妻听我这么说，整个人都醒过来，转脸看着我。

"你先听我说。我们已经累了几年了，今天我们遇到这么大的打击，不知要多久的时间我们才能恢复过来。如果我们把无语的事说了出去，你说会有多少亲戚朋友来找我们？虽然说他们是来慰问，我们还得一一回答他们几乎都是一样的问题。一样的事，我们说久了，表情和事件也都不符，会变得很怪。这样的事不会是一两天就过去的……"

"连我父母亲也不告诉他们？"

"我妈妈也不告诉她。以后要骂要怎么样由他们好了。我们再不躲起来休息，我们都会崩溃啊。你神经衰弱那么久了，不是？"

我对我的矛盾感到害怕；一边相信无语变成一只金丝雀，另一边却冷静地对待同一件事的看法。妻把脸别回去，眼睛也闭起来。我想她是同意我的建议了。

我们回到家门口，在找钥匙的时候，金丝雀就在屋里开始鸣叫。我愣在那里。

"开门啊。"

"你有没有听到金丝雀在叫？"

"以后我不希望你再跟我提金丝雀的事好不好？"

我可以明白，金丝雀在妻的脑子里，已经变成一个伤心物。可是对我来说，我深信无语向流星许愿，要变成金丝雀啊。我并没有违背知识的真理性，事实即在那里。进门后，我还希望看到鸟笼里有两只金丝雀。我一直告诉我自己，我并没有如妻说的昏过头。

门一开，妻一头就钻入卧室。金丝雀的鸣叫，把我留在客厅，听那密集连串的银铃声，还以为真的有两只金丝雀呢！但是奇怪的是，布罩怎么会从鸟笼掉地？无语？这也不无可能。另外除了布罩，金丝雀今早的叫声，比以往高亢。我急着想把这种现象告诉妻，我走到卧室门口，想到妻在车里冷冷告诉我的话。"以后我不希望你再跟我提金丝雀的事好不好？"我回头去看金丝雀。小鸟真的不同先前，除了亢奋的叫声之外，在笼子里弹跳的频率也多了。当我贴近鸟笼，金丝雀不管抓到笼子横竖的竹条，都会侧头向我回眸转睛地看。而那神情简直就是无语的翻版。没错！是无语。怎么办？我不敢让妻听见，我小声地叫："无语，无语，无语……"

再怎么难过的事，人没死，都是会过去的吧。过了一段时日，只要妻觉得我聚在鸟笼逗金丝雀的时间过久了，她就说我想女儿想疯了之类的话来报复我。因为我也常说她，已经过了一段时间了，还不敢进女儿的房间。我这么说，并不是说妻都没进去过。有。好几次了，每次一进去就哭在那里瘫了，最后都是我半哄半骗地把她带离开。

有一天，电视新闻特别播报狮子座流星雨的消息，突然叫我心动。我向妻提议，这一两天，找个晚上的时间上山去看流星雨。我把话说出来才发觉我犯忌。在我与妻之间，已经把流星、金丝雀和无语组成一组符号了。妻曾经警告我几次，要我不再提无语变成金丝雀的那种傻话。奇怪的是，我说溜了嘴，妻并没意识到什么似的，淡淡地告诉我她不想去。她说要去我一个人去。我不敢再做确认,深怕再一问,让妻想起什么来,说一些叫我不便去的话。当晚我携带多功能手提收音机,还特别带了Andrea Bocelli那一张"Time to Say Goodbye"的CD就开车上山去了。

到了山上已经快十一点。那里是我和妻私秘的地方,八年前和妻在此幽会。据她的推算,无语是在这里种下的种子。相思林更浓密了,后面的这一片草皮没变,小号的白茅草还围着平坦的一块岩石。我把覆盖在上面的枯叶,用脚扫了扫就空出平滑可卧的地方。四周好宁静,宁静得有点让人畏缩。但是音乐一放,就好像换了一个地方一样,人也放开了。一切就绪,我开始注意天空。为了方便仰视,我躺下来,我听到妻说:"会不会有人来?"

"谁会来这种鬼地方。"

东边天空的流星雨群,让我惊叹。因为我躺着,四周的小草都比我高,我不是被掩被埋,我是缩小了,我渺小到心也变脆弱易碎,两行温烫的泪水,往两边的鬓角滑。整个星空在泪眼中失去了焦距,画面重迭得更灿烂,特别是望到流星雨的方向,眼睛都花了。

妻哭了。那时我们还没结婚。

"你在难过？"

她摇摇头。

"你害怕？"

她瞪我一眼。后来，是结婚以后，她说我很笨，乱猜。那是女人被一种幸福所感动的喜悦。

山上的凉风慢慢吻干了眼窝杯中的泪水，我清楚地看到壮观的流星雨倾泻。我怕抓不住流星，心里很快地，连自己也不很清楚地许了很多和无语有关的愿。

凌晨，回到家的时候，我发现我已经变成鸟笼，让无语在里面，随她高兴地跳来跳去，我随着她规律左右跳动，而愉快地摆动起来。客厅的整点新闻一直在播，是整夜都没关机。我看到的是，在九弯十八拐的一起车祸。那一部从山谷吊上来的车子，正是我的车。难怪妻会瘫在电视机的沙发上，像是晕过后才苏醒过来的样子。她失神地口里喃喃自语说，叫我怎么活下去？叫我怎么活下去……她好像只有这一句话。我跟无语说，妈妈真傻，我们根本就没离开她。

我已经一整晚没睡了。我累得只想睡觉。我睡得正甜的时候，有人拿枕头闷住我的头。我挣醒过来，妻还不饶我，用枕头一边打我一边笑着说：

"你怎么可以把我写成寡妇！讨厌！讨厌！……"

"什么把你写成寡妇？"我一下搞不懂。

"这是什么？"她把掖在背后的稿子拿出来。"这不是?!"

"呃！你是说这个。"我也笑起来了。"拜托，那是用第一人称写的小说。那个'我'字，是小说中虚构的人物，不是我本尊。我就怕你有这种想法，所以一直不敢用第一人称写爱情小说。"

"你别把人家看成什么都不懂好不好？"

"但是心里总觉得不是滋味，对不对？"

"不对！"她又笑了。

"嘴巴硬。"

我又挨了几个枕头。

"还没写完吧？"妻问。

"昨晚写到凌晨，太累了，还没完。你觉得怎么样？"

"不错啊！"

"如果不是你丈夫写的呢？"

"我当然知道。比不错更好。"

"我觉得问题很多。"我说。

"你等一下。"她跑出卧室。没一下子,她在客厅那里惊叫起来。

"呀!无语!你……你回来了?!"

"妈妈——!"无语长期受委屈的叫声。

"什么?无语,你会叫妈妈啦!你会叫妈妈啦!快来,快来叫爸爸,让爸爸高兴。"妻激动地叫着说。

我毛骨悚然,吓得从床上坐了起来。接着妻出现在卧室门口,脸朝侧面还没跟上来的无语。

她不愧是以前剧团里面,一位优秀的演员。我正这样想,随着她侧面的视线,转向室内再看我的同时,无语就向我冲过来了。

原载二〇〇二年二月六、七日《联合报·联合副刊》

没有时刻的月台

初看他们聚在一室,
像是有他们相依着互取温暖的
必然性,
然而,相聚咫尺却并不热络。

一九九五年的十一月，为了拍摄日本将近六千名的血友病患，因受药害而变成艾滋病带原者的抗争纪录片，我曾在东京的大冢地区停留了四五天。

大冢算是都会区的住宅区，街上的商店卖的东西，比较接近实用性的民生用品。那里的咖啡店也比较老旧，不像都会闹区的来得讲究装潢摆设和灯光气氛。它们的店门开得早，兼卖三明治之类的早餐。在消费服务上，有点像台湾的早餐店，但是没有我们忙碌。

那天早上，外头刮着霜风，天气霜冷得很，路上不少人围着围巾，也有把外套的领子竖起来缩着脖子。我在客栈附近随便找了一家咖啡店。我推门一进，还以为闯错了门，马上要掉头离开时，站在吧台后头的老板，亲切地招呼我叫我请坐。我一下子还是不能将眼前所看到的情景，和经验中的咖啡店连在一起；因为里面八成的客人，他们清一色都是白发的老人。虽然我也不算年轻，但是他们的老态，老得十分抢眼。直觉上这里更像什么私人的银发俱乐部。

　　在身边近门口处那里，我随即拣一个双人对坐的位子，带着已经不必要的冒失感坐了下来。那一位年纪和我差不多的老板，他拿着Menu（菜单）和抹布走过来，一边收拾前面的客人留下来的杯盘，问我点什么？我要了鲔鱼三明治套餐。他离开前告诉我说这里可以抽烟，并顺手从邻桌拿过来一个烟灰缸。他这么做，让我好奇地想了一下：他知我抽烟？或是要让我知道他这里与外面的咖啡厅不一样？抑或是因为我望着其他客人，他们有几个人正抽着烟，而以为我在意？我回头看他时，他已经回到吧台那里埋头要打开鲔鱼罐。

　　席间，要不是吧台的左侧，有一架二十九寸的电视机正播报NHK的晨间新闻，恐怕在这昏黯又有些烟雾弥漫的室内，要看清楚大约有十一二位穿着深沉厚重的老人的颜面，那就不容易了。有几位坐在偏远一点的角落的，他们除了轮廓就不见五官了。另外面对电视的人，还可以看到他们的眼球和大纽扣的反光亮点。不过，他们头顶上的白发，反而亮得像深秋星空下的一片苍苍芒花。

　　初看他们聚在一室，像是有他们相依着互取温暖的必然性，然而，相聚咫尺却并不热络。他们只将就桌椅的排列，三两成组以对。他们的对话，有一句，没一句，有的像向光性的植物，愣愣地面向电视的银光，无所谓电视播放的是什么。其中有一位姥姥，她是唯一显得最有生气的一个。她面墙自言自语，有说有笑，还有比手划脚，有争有辩。在这样聚不成伙的小室内，突然让人觉得比外头的霜冷，似乎更加深刻入骨。

我的鲔鱼三明治来了，过分臃肿的老板端着它，绕过电视走过来了。在电视闪闪烁烁的逆光之下，他们的黑影也闪烁着它的深浅，尤其站起来走动的人影，显得轻薄又软软的移动，有如孤独的灵魂，随时穿梭在过去和现在的时空。当老板站在我面前，我才看清楚他套在粗线毛线衣内的手，竟是那么干黄而粗皱。那是我先前没有注意到的，好在他的笑脸和他低沉迷人的声音，要不然，多少会叫我难于亲近。

"不好意思，让你久等了。"

"哪里。你这里生意真好啊。"

"托你的福。这一段时间就是这些人了。"他看看席间的客人，"等一下还会有几个。"他停了一下，带着淡淡的笑意，"……不知道，会来吧。"

"你一个人照顾这家店?"

"是啊,忙坏了。不方便的地方请多多包涵。好,那你慢用。"

我问话的时间没抓好,我说:"今天不是周末吗?……"这时他已转身要走开了,他听我这么一问,又转身回来说:"是啊,今天是土曜日,我也很想休息,但是我一休息,他们要到哪里去吃早餐?"他笑一笑走了,走了几步他的身影又变得轻薄绕过电视回到吧台。

我的瞳孔完全可以适应这个室内的环境了。就近老人的皱纹也都看得见了。邻座的两位老人的话题也可以听清楚几句。其中有一句是言者很努力地挣脱有气无力的困难,挤出一点力气向对方说:"……现在的日本已经不行了!现在的日本没有办法制造原子弹,去炸他那个美国的华盛顿。应该去炸他那个华盛顿的。"

坐在对面的老人并没有回他。他无意地转过头,正好看到我在看他。他就对着我说:"我说的没错吧,就炸他那个华盛顿。"我只好默默地对他笑笑。他以为我符合他意,动身想转向我坐的时候,原来坐在他对面的老先生,他站起来,经过我身边,门一推就出去了。这时我心急的是，我看到这位老先生整排的拉链没拉还没什么关系，好像连"小弟弟"也探出头来。我怕惊扰别人，我走到吧台那里，小声告诉老板。

"又忘了。"老板笑着急忙地放下手上的工作，往后头追出去，我好奇地跟到外头，站在门口的地方看着他们。老板不知叫他什么，连连叫了几声，终于叫住了老人家。我看到老板绕过前面，蹲下来替他拉好拉链。但是我看老板并没马上站起来，只看到他一只手扶地倾着身体像是挣扎着，后来看到他身体前倾双手扶地，那位老先生往后退还弯着身想扶他。当我赶忙跑过几家店门时，他们已互相搀着双手吃力地让老板站起来了。

"你太胖了。"老先生说。

"是是，是太胖了，"老板笑着回答。"小心走路呵。"

"我会的。"

我站在距离他们有两家店面的地方，看他们两个互相点头，点来点去不下五六次才分的手。老板走回来时，看到我一直向我点头致谢和表示歉意。他还喘着气笑着说：

"他是我小学时候的校长啊。刚才要不是他扶我一把,我可真的站不起来了。"

我回到我的位子。我的早餐还没动,正想拿起三明治要吃的时候,才发现它没切边,并且吐司片叠得不整,鲔鱼馅和一片西红柿也往一边滑出来。我很自然地抬头看看老板,他好像一直在注意我。他向我微笑还点了一点头,预付了好多的谢意和歉意。这样的礼多,再怎么挑剔的客人也没什么脾气吧。当然,我不是在意这些服务的问题。我的思维突然绕进这位老板和这些老人,在这社会角落里的共生关系。

连着四天的早上,我都在这一家咖啡店用餐。最后的一天,我拣靠近吧台的位子,因为这一天我的工作完成了,时间比较充裕,老板有空就主动地跟我聊天。说起来他也零丁无依,他说他的健康问题,就等于店里面的客人的年纪,过一天算一天,大家都在等。

"我开门等他们来。"他看看席间客人。"他们来这里等子女的消息,等年金、等偶尔慈善团体的慰问,来这里吃早餐、大家照照面等等。"

他甩了一甩头叹口气说:"其实啊,这一切都是在垫时间的妄想节目。依赖别人的节目,不想也罢!"

听了他的话,我也不知该怎么对话,我只有怀着一份感伤微微点头，但是我又觉得这不是很得体。看来这里的人好像都准备好了，只有无奈和等待。我看看手表跟人约好的时间也差不多了。我向老板说："有空到台湾来玩。"

没想到，邻座的一位老先生笑着说："下一辈子吧。"

编按：《没有时刻的月台》，原载于二〇〇五年九月十九日《自由时报·自由副刊》，并转载于二〇〇六年七月号《讲义杂志》。

有一只怀表

那一根特别细长的秒针,
它走动起来,
一秒一顿、一秒一顿,
很像军人踢正步,
煞有精神得很。

第二次世界大战结束后的第二个月，小明的父亲被拉去当了日本军夫，从南洋战场上，捡了一条命回来了。他像乞丐，除了臭虫虱子和藏了一只银壳子的旧怀表，当着礼物给爷爷，其他什么都没带。爷爷很高兴，不但喜欢这只怀表，也觉得它特别宝贵；因为它好像是儿子冒着生命的危险，去远方可怕的战场带回来的宝物。事实也是如此。那是日军当时登陆新加坡时，日本的伍长，从一位阵亡的英国年轻士兵身上搜到的；而小明的父亲在扫街战的时候，替一家说同样的闽南话的华侨，闭一只眼让他们带走了细软，人家为了报答他，给了他十英镑的纸币，他就用这个钱买了这一只怀表。这一只怀表是小镇里唯一的外国怀表呐。

　　这一只怀表有一个盖子，它盖起来的时候，整只表有一个小月饼那么大，不过没那么厚。它的整个表壳上下都刻了葛藤交错的细花纹，看起来就觉得它是一只很贵重的古董怀表。打开圆碟形的表盖，背后的凹面，还刻了三排英文字母；较大而显著的是Simpson（辛普生）这样的人名。这是后来他们去问小镇的一位英文老师才知道的。

小明对这一只怀表最感兴趣的是，那一根特别细长的秒针，它走动起来，一秒一顿、一秒一顿，很像军人踢正步，煞有精神得很。将它移近耳朵去听更妙，好像踢正步的军人，是穿着擦得亮亮的马靴。如果把盖子合起来听的话，那更有趣；这时所听到的声音是远了一点，但是听起来却像是一队穿马靴的军人，刷刷刷地踢着正步。小明常常把合上盖子的怀表贴在一边的耳朵，一边摔另一只手，随着一队军人踢正步。

刚开始，小明百听不厌怀表的声音。他想听，爷爷要和他交换条件；说要乖才让他听。要怎么乖？当然要听爷爷的话，更具体地说，那就是要替爷爷掏耳朵。爷爷有喜欢掏耳朵的坏习惯，奶奶死后就没人替他掏耳朵了。小明八岁了，有一天爷爷耳朵痒得不得了，他冒险地想到小明，要他试着轻轻替他掏耳朵。开始时小明觉得好玩，他小心地试了一下，爷爷竟惊艳地称赞他手巧，很满意地赏了钱，让他去租连环漫画看。从此之后，这一份替爷爷掏耳朵的工作就牢牢地跟在小明的身上了。

　　替爷爷掏耳朵这一份工作，小明越做越有心得，做得有模有样。白天就在外头，夜晚就在灯下，爷爷坐在一张椅子，小明垫着小板凳站在后头。爷爷的头，任小明摆弄；小明要他的头侧一点，歪一点，侧得太低也不行，太高更不行，歪嘛太偏也一样不行。小明把爷爷的头，挑剔地摆来摆去，甚至于像大人替小孩子剃头一样，叫在家里人人敬畏的爷爷不许乱动。这一份工作可以叫爷爷从头到尾听他的话，这是小明最大的成就感。看他右手拿放大镜，左手拉紧爷爷的耳朵，找光探底，再来就是换掏耳棒，爷爷叫它"耳屎把"的掏耳屎，最后再换小棉花棒清理耳道。这个过程，爷爷总是对小明轻声细语，恳求重一点，或是快一点，嗯嗯呀呀轻咀。那要看小明高兴。小镇有一位业余的摄影家，曾拍了一张，小明凝神专注地替老人家掏耳朵的神情。老人家一被掏得舒服，紧紧皱起眉头，半张着嘴，口水就从歪斜一边的口角直流下来。作品的标题叫作"专注与陶醉"，而得到县城摄影赛的第一名。

　　老人家两边耳朵的耳垢，早就被小明掏得干干净净了，而爷爷还是三五不时就要小明帮他掏耳朵，说他已经没有耳屎了,爷爷竟有一篇防患的大道理。他说没有耳屎的时候,更需要常常掏,只有这样才不容易长耳屎。老人家还拿后院的石槽做比喻,说奶奶以前常常洗刷石槽,所以不见石槽长青苔。奶奶死了,没人刷洗石槽,石槽长了厚厚一层青苔,现在想洗刷干净也不容易了。小明听了觉得有点道理,又好像没什么道理;他怀疑石槽怎么可以拿来和耳朵相比?能不能他也没有把握。老人家举了这样的例子,得意地一直问小明说,这样的道理你懂了吗?小明被逼得只能笑笑,小声地说懂了。"耶耶耶!懂了就不要跑。"爷爷的话追着跑走了的小明。原来外头有几个小孩的人影,正压低声音叫小明。

　　这些来找小明的同学,要小明证明他家确实有这么样的一只外国怀表,同时也想听听秒针踢正步的声音。小明因为事先没跟爷爷讲好,同学突然来了,不知要怎么开口,要爷爷让同学他们看他的怀表?怕人家笑他说谎的小明,只好硬着头皮进去找爷爷。

　　"爷爷,你要我掏耳朵是不是?"小明设了一个陷阱问。

　　"爷爷耳朵痒死了,快快,快来帮我掏一掏。"

"那你要先答应我一件事。"小明露出有点沮丧的可怜相说。

"除了杀人放火,什么事情爷爷没答应过?"

"那你的怀表要借给我们同学看。"

"哎呀!你这孩子,爷爷不是叫你出去不要乱讲吗?你怎么可以去告诉你们同学,说我们有一只外国怀表?"爷爷有点焦急。

"是他们自己知道的,又不是人家告诉他们。"

"这怎么可能?你这孩子。"

"爷爷你说嘛,已经有多少亲戚朋友来看过你的怀表了,他们回去也会讲啊。我们同学就是这样知道的啊。"小明突然转成愉快的笑脸说:"爷爷,你让他们几个赶快看完,我就马上替你掏耳朵。"

"你这个小孩,真会做生意。"

原来爷爷已经忘了耳朵痒,经小明这一提,耳朵就真痒起来了。爷爷耐不住地说:"他们呢?"

"我去叫。"小明说着就往外冲。

"几个?"爷爷追着问。

"七个。"小明高兴地一边跑一边回答。

"叫他们进来。"

小明把同学带进来了。小孩子们面对老人家围个半圈,盼着想尽快看到小明说得那么传奇的外国人的怀表。爷爷很自豪地对小孩子们说:

"你们要乖乖地看,要快快地看。看完就赶快回去,到外头就不要乱讲说你们看到什么,知道吗?"

"知道——"小孩子像上课一样齐声回答老师。

"要真的知道喔!……"

小明替同学急,也为自己因爷爷的啰唆难堪,他耐不住插嘴打断爷爷的话说:"爷爷,快一点嘛!"

爷爷好像有一套剧本似的要演给小朋友看,经小明一插嘴,打断了爷爷的台词,老人家有点不愉快。

"你的同学不急,你急什么?"

有一个较敏锐的小孩,怕坏了事,他开口说:

"小明,没关系啦。"

"就是说嘛,有什么好急?"爷爷又回到想和小朋友玩玩。

可是小明认为这是作弄人,心里有所不平。本来想一气之下走掉,另一方面,他也想到他一赌气走开的话,很可能这场看表的好事就坏了,而让同学失望。

爷爷把两只打开的手掌无力地垂悬在胸前,前后转了几下，表示手是空的。就这几下，小孩子像着了魔，凝神地任由爷爷摆布，这连小明也觉得有趣。老人家先把悬空的右手移开胸前，让左手慢慢插入右手边的内口袋，摸了摸，张口、脸露紧张、摇摇头。想了一下，脸露笑容，点了点头，把空手抽出来悬在左边胸前，右手不慌不忙，插入真正为怀表准备的暗袋。他笑了。小孩子们也笑了。小明心想，爷爷什么时候有这一招他怎么不知道？爷爷抽出右手是顺着一条三十厘米长的银质表链，原来就和怀表连在一起的，顺着它慢慢滑上来，并没有把怀表抽出来，但这已经把少见的表链展现出来了。小孩子以为这就要看到外国的怀表了。老人家慢条斯理地伸出右食指，挺在表链的背后，轻推着上下滑了几下，然后用左大拇指和食指，捏好表链的一端；这一端是勾住胸前纽扣的扣孔，另一端才是连着怀表。两手的大拇指和食指，捏着链子一点一点，一前一后，一前一后，慢慢把链子往上拉，拉到链子有点紧绷时，也就是怀表要从暗袋里露脸的时候。小孩子们被老人家掌控到，只要蚂蚁放个屁都会吓到他们的境地，突然，外头有人大声喊叫。

"亲同叔！我带几位朋友来了。"四个大人逆着外头的光走进来,走到前面了,是谁老人家都还没搞清楚。"亲同叔,是我啦。"叫得那么亲,老人家还是愣着。"是我,我老爸就是茂全,是你的亲同啊。你忘了。他说你有一个英国怀表,我带三位朋友想来见识见识。"

所谓的亲同就是同姓的意思。茂全是亲同的话,他的姓名应该叫黄茂全。老人家想了半天,在小镇里好像没这个亲同。不过人家已经亲同长亲同短的,叫得那么亲呼呼,说不认识,不叫人家看也不好意思。

四个大人接过怀表看,小孩子们仰着头挤来挤去,不但看不到,还挨那叫亲同的儿子,大声骂着说:"大人在看,你们小孩子乱挤什么?再挤就当心你们的头。"

最后,小孩子虽然都看到怀表了,却抹不掉那四个大人的阴影所带来的不愉快。连小明的爷爷也抱不平地说:

"我长眼睛都没见过这么没礼貌的人。说什么亲同的,我根本就不认识他们,还直闯到家里来,说要看人家的东西。"他看到小孩子悻悻然在那儿。"他说他们是大人,大人又怎么样?像他们这样的大人,只有教坏小孩。我们长大就不要和他们一样,没教没示①的。"小孩子听了老人家这么说,多多少少也得到安慰了。

可是小明的同学岂止这几个,其他的同学一样好奇,很想来看看这一只外国的怀表。这对小明而言,实在很难摆平,他只好一而再再而三地要求爷爷让同学分批来看。首先爷爷还有求必应,后来次数多了,老人家就觉得不胜其烦,拒绝了。小明也有他的绝招,爷爷不叫同学看,他就罢掏耳朵。其实老人家掏耳朵,也因为小明没有注意到卫生,从手、耳把子、棉花棒,让耳朵里面养了霉菌。有了霉菌,叫耳朵不痒也难。这么一来,爷爷需要小明掏耳朵,小明要爷爷大方地让同学看表;就这样互相供需的关系。小明除了他班上六十七个同学,还有其他班和邻居的朋友,都来看过这一只全镇唯一的外国怀表。这只表给小明的颜面增光不少,爷爷也因为它闻名小镇。

有一次老人家到镇公所户籍课,去办一点户口证明的事。他一到那里,引起所里一阵小小骚动;所里的人都知道老人家身怀一只传奇的外国怀表,不少人争相要

---

① 没教没示:闽南方言,即缺乏教导训诲。教示,教导训诲。

求观看。后来镇长也出来了，他迎请老人家到镇长室喝茶，展示怀表，谈谈有关表的故事。原来手续不怎么方便的事，户籍课的人替他要了印章，自动替他办好事。因为享到这一桩特权的事，老人家高兴了好一阵子。

为了这一只怀表，老人家早就在古衣店找到一件不怎么合身，但可以装带怀表的西装背心，不分寒暑，很少离开他的身躯。另外在起居生活上，每天早上八点，傍晚六点，他都会到火车站，面对小尖塔上的时钟对时。这样的行为，也是他连带着怀表而出了名。本来在小镇的火车站，还有一个蓬头垢面的大胡子。他每当火车要出站就站在栅栏这一边，高举双手，用日本话高喊万岁，目送火车出站走远。现在加上老人家早晚来对时的情形，给这小镇的火车站，增添了地方上令人想象的故事风景。

一转眼小明已经十六岁了，是一个中学生了。替爷爷掏耳朵的事，长大之后经不起别人的讥笑，早就不干了。也就在那时候，爷爷的耳朵发炎得很严重，化脓疼痛到非找西医不可。经过医生一段时间的治疗，加上医生一再地警告，耳朵的病好了，掏耳朵的坏习惯也改了。那个必须每天上发条的怀表，开始有毛病了；里面的齿轮松脱咬不紧，非得靠老人和小明他们两个人的经验，找到一个微细的死角，用又轻又慢的动作捻动小转轴，才能上五六分满的发条，如果稍有偏差，就失掉那个死角，并且要再花时间，耐心地找才能找得到；这方面小明比爷爷老练，爷爷只有越来越钝，非找小明不可。为了修理这只表，祖孙两人找遍了小镇几家钟表店，还有邻镇的，所有的修表师傅都说，像这样的零件再也找不到了。这只怀表已经不能用了，这么漂亮又精致的外国怀表，当着古董玩更有价值。这个时候不用上发条的，所谓的自动表，在市面上出现了一段时日，它淘汰了旧式的表。曾经引起小镇好奇的那一份兴趣，随着这只表的寿命消失了。在火车站目送火车，用日语高喊万岁的那个蓬头垢面的大胡子，有一天被人带走后，就不再见到他了。小明的爷爷也不再去火车站对时了。他们的影子一消失，给这小镇的火车站，留下了淡淡的，说不上来的惆怅。

　　老人家的腰开始挺不起来，背驼了。少出门的他，留在家里还是习惯地常常拿出怀表，看看被擦得银亮的表壳，或是打开表盖，看看停伫已久的表面，摇一摇、听一听，而不具一点意义。可是，这个习惯，有一天却有了另一种感觉的变化,它让老人家感到沉重;之后,每次拿出表的时候,都叫他想到,和这一只表连在一起的悲惨命运。这幽然而起的伤感,造成老人家内心里愈来愈沉重的负荷。然而,他并不为它改变他的习惯,还是照旧常常拿它出来,一再重温着想象中的哀伤。甚至于连白天打盹,都梦见一个外国人的士兵,瞪着他手上拿的那一只怀表。惊醒后有些惊慌的爷爷,抓住小明说这场梦的情形时,手还微微颤抖着。小明安慰他,说这只表是父亲向日本的伍长买来的,意思是说,那个英国士兵要找拿他的表的人,应该是找那位日本人。小明也请父亲向爷爷详细地说明了当时的情节。老人家认为再怎么转手,这只表还是那一位年轻英国士兵的,现在在他的手上。从此,过去拿到怀表的那一份愉快的表情不在了,一丝爬上老人家心头的罪责,始终无法抹掉。小明的父亲,为了不让老人家常常抚表失神坏了身体,他把表偷藏起来。但是找不到表,老人反而显得不安与烦躁。小明和父亲商量,是否把表拿出来还给爷爷?父亲的结论是:过一段时间之后就习惯。说是这么说,老人家在家里扶墙扶壁移动身体时,常常停下来埋怨地说:"我怎么还不死——!我怎么还不死……"

有一天，小明的爷爷在家里的后院跌倒了，头撞到长满青苔的石槽，血流过多，等家人发现，已经为时已晚。要出殡那一天，所有的功德法会都已经到尾声，最后时辰一到，只剩下盖棺封钉。当道士叮咛家属属虎和狗的生肖的人犯冲得要避开时，小明突然泣不成声地横趴在爷爷身上，不叫人盖棺。道士倒是常遇到，家属舍不得死者，常常有阻扰封棺的情形，家人也知道小明和爷爷的感情最深，所以细声相劝，但是时辰不能误。小明不为所动，道士急了，叫家人无论如何都得把小明拉开。所有的家人都急了，小明的父亲生气地说："你这个孩子怎么这么野！"过去要抱开他的时候，小明更生气地大声地嚷着："把阿公的怀表拿来！"说也奇怪，这时大家都听小明的，不敢多发一语，静静地在一旁看。父亲很快地到里头把表拿出来交给小明。小明拿了表，小心翼翼地寻找咬紧齿轮的死角时，老道士想提醒大人要注意时辰，才开了口就被小明喝他"不要吵！"父亲安慰道士，说就让他，他知他的爷爷要什么。大家屏住气，看小明好像在拆一颗未爆的炸弹。大概有五六分钟，那是一段很长很长，需要某种忍耐的时间。此刻，空气都凝结了似的，满脸泪痕的小明，突然绽开了笑脸。表走动了，那秒针一秒一顿，一秒一顿，仍然走得很有精神。小明将它贴着耳朵一听，穿马靴的军人正踢着正步。他很小心地合上盖子再听了一下，一队军人踢正步的步伐唰唰有声，他想象到爷爷的脸笑了。小明看着爷爷的脸，把活起来的怀表轻轻地放在爷爷的耳边，这才让道士把最后封钉的仪式办完。

  时辰一到，从乡下找来的八个抬棺的，把披着红毯子的大寿棺一抬上肩，棺木前后搁架的两条板凳一移开，他们的脚步也同时开伐，害得前头两支开路的大唢呐，撒路钱买路的人，他们不能不半跑着上路。虽然老道士一直叫抬棺的慢着慢着，可是那披上红毯子的大寿棺，像一匹上了马鞍而没等骑马的人上马就起跑的巨马，随着整齐的步伐，一步一弹，一步一弹，唰唰有声地往前迈进。抱炉、披麻戴孝的家属，还有送出殡的亲朋好友，远远地被抛在后头。当棺木朝着小镇唯一的一条大街行进时，前头撒冥纸的人，大声叫嚷："闪开——！闪开！……"吹大唢呐的人，必须用更大的力气吹出一条路来。路上的行人、脚踏车、三轮车都暂时闪到路边，还有街上店家的人，全部跑出来看这不怎么寻常的出殡行列。大家都知道上路的人就是拥有一只外国怀表的那位老人。那一只怀表和老人家就是小镇的记忆，记忆一醒，纷纷涌到街上看热闹的人越来越多。年纪大的人说："很少看到人死了，能走得这么开脚[②]的，真是罕有啊！"整个出殡的行列，像断了头的蜈蚣，头已经出了街尾了，身体才上了街头。老道士安慰大家说："老先生这一路还很远，他放得开最好，我们不必赶。老人家一辈子都不欠人吧，才能走得这么潇洒，我们不要赶。"原来要走在棺材前面的出殡行列的阵头，有子弟戏、十音、弄车鼓和西乐队，他们都留在后头，和家属以及送出殡的亲朋好友，成为一个队伍，缓缓地走进市街。小明的父亲抱着神祇香炉，小明抱着爷爷的遗像。街上两旁的人的目光都集注到小明和爷爷的遗像，指指点点，一种善意的言谈合声，产生一种祥和的共鸣送着他们。老人家怀表和小明的话题，早就消失了，但是在今天的小镇，这些好像死后又复活了。

　　穿过一层一层的云雾，老人家终于被接往西天。说也奇怪，那里好像也就是基督徒的天堂。何以证明呢？老人家手拿着怀表，一路心里念着它的主人时，来到了

[②] 走得这么开脚：闽南方言，即"这么能抽得了身"。走得开脚，抽得了身。

西天，前面笑脸迎来的是一位慈祥的英国老人。他来到老人家的面前，自我介绍说：

"老先生，您好，我叫辛普生。"

老人家也不觉陌生，他们同时伸手热烈地握起手来："我叫黄允成，我有您的一只怀表。"

他们各自说自己的语言，但是一点都没有沟通的阻碍。在这个地方，不管什么地区，各种不同民族的语言，来到这里都变成一种心语，也是宇宙的语言，它不但可以和神沟通，与万物，甚至于和星球也都可以沟通。

黄老先生掏出怀表还给辛普生老先生。

辛普生接过怀表说："这表很老了，这里也用不着，它是当时，我的孙子在利物浦军港要出发到新加坡时，我去送行临时送他做纪念的。"

"我真为您的孙子难过。"

"战争嘛，他只有服从国家的命令，我还是以他为傲。"辛普生话才说完，一个头戴巴雷帽的英国士兵，脸带笑容地站在辛普生身旁。"这位是黄先生，把我送你的怀表送回来了。经过这么一趟的转折又回来，这更有纪念性。"说着就把表交给年轻人。这位年轻的军人，接过怀表之后，很快地立正，向老先生行一个军礼。老先生的腰不痛了，他也挺起他的腰，回了一个不曾做过的军礼。大家都笑起来了。他感慨地说："不要说这里，说我们凡间，所有敌对的人，只要换个时间和地点，都有可能变成好朋友。"

"是啊是啊，黄老先生说的一点也没错。"

浓浓的雾又从四周包围过来了，他们各自散开，去找他想找的人。老人家心想找找老伴，在渐渐飘散的雾里面，他看到有一个人影走过来了。老人家一注意看，心里暗叫着："那岂不是我的牵手老伴?!"

原载二〇〇八年六月号《印刻文学生活志》

胖姑姑

生命总是值得我们爱惜,
死亡的,我们毕竟是惋惜。

只要是和我们同类的人，或是在你看来，似乎有灵性的小生命，一旦他直挺挺地躺下来，冷冷地把你的视线反弹回来的时候，你稍替他多方的设想：不由得几乎就如同你伤了最亲爱的人而落泪那样，其情感上的分量和成分，是同等的悲哀。生命总是值得我们爱惜，死亡的，我们毕竟是惋惜。

何况，她是我的姑姑。我迟回来一个礼拜，她已安息在这一抔新土的底下。平放在上的一对白大理花圈，已经凋萎了，因为昨晚的偶雨，那些灰淡的枯叶也开始焦烂。

我和娅淑坐在近旁的旧坟上，我们一边流泪，一边微笑；这就是此刻我们以沉默来代替互相间的谈话。我们都知道，彼此的心在想什么、在说什么、回答什么。但是我不明白我们是不是在悲伤。我们让各自的情感，顺其自然去酝酿。我追忆往昔的那一段时光。想起来就如只隔了一个夜晚的昨日；那些日子里不是很有趣和愉快吗?

"阿淑,阿姑是不是真的笑死的?"

"我叔叔说,她差不多是在笑的时候死的。"娅淑脸上豆大的泪珠落下来,"那天吃中午饭和平时一样,他们两人边吃边谈。我叔叔说他说了一则笑话,她笑得合不拢口来。过了一下子,她站起来要拿开水时,砰!就往后仰跌下去。等医生来了。她的气也断了。"

"那是脑溢血。"我说。

"医生也这么说。但他认为单是脑溢血不至于这么快就死,很可能瘫废半个身。这次致命的主因,还是倒下去的时候,延脑受撞过剧的缘故。"

"到底你叔叔说了什么笑话,令她过于兴奋?"

"你也知道,我妈平时就挺爱笑的,我叔叔说他怕鬼;有一次自己一个人赶夜路,他沿途边唱边喊壮胆,而把路边人家的小孩子吓哭了。大人跑出来骂他说'鬼抓去了'[①]害得他没命地跑回家,结果一双木拖板丢了。"

要是真的这一则笑话是牵连在姑姑死亡的近因的

[①] 鬼抓去了:闽南方言,用于语气词,表达怎么会这样的意思;用于骂人的话,则表示"怎么不让鬼抓走呢?"。

话，这位死神也十分懂得幽默。我这样想。

"那么她什么都没说了？我是说临死之前叫人转告你的遗言。"我问。

"没有！我叔叔说，她什么话都没来得及说就断气了。"

"噢！那一定连自己死了都还不知道。"停了一停，我又说，"假使有时间让她说话，你知道她会说些什么吗？"

娅淑低头沉思而保持缄默。

"我知道她要说什么。"

娅淑惊愕地转过脸望我，急切地等着我说下去。

"也许她还是和平时一样，会说出一连串长得令人腻烦的话。不过把她的话总括一句来说，就是爱你。"

她很失望地垂下头，那冷漠沮丧的神情，像是在回答我说："那还用你说吗？我也知道。"不过她现在恨死我了。

我的精神很快地被她的哀伤，渲染得同她一样。墓头的三根乌沉檀香（姑姑生前最爱用这种香敬神拜佛），冒出青烟袅袅地在凄落的空气中，织编我们沉默的思维。我的耳朵犹如还这般听见：

"阿孙,去替我买一束香回来。要乌沉的,贵一点没关系,一定要乌沉的才好。"她随后站在门口,望着走远的我,扯开嗓门喊:"阿孙!要是没有乌沉的我们就不要了。"我已经是一个堂堂的大人了,她为什么还管我叫阿孙?她大概要街上的行人知道:你们看!这位老师就是我的阿孙。她以我为荣。我厌烦,我低着烧红的脸,快步地前走。

很早以前就听家人说,高雄那里有一位姑姑。但是我一直没见过她。去年因为姑丈出国到菲律宾工作,于是她带着一个成人的小叔和娅淑搬回罗东来。

姑姑奇胖,几乎看不到她的眼睛和脖子,那都是以一条横线来象征的。当时,我从外头回来,第一眼见到她坐在客厅里,我惊奇极了。心里想:哪来的马戏团员?后来爸爸说我要叫她阿姑,我才明白过来。我心里多不愿意,叫人挺不舒服的,为什么她要是我的姑姑?朋友不拿我开心才怪。

她看到我们五个大孩子非常高兴。她说:

"要是阿猜不那么早过身,现在看到这五个孩子,不知要怎么高兴?"那肥扁的脸肉,很难流出表情。她静默了一下:"这个大阿孙多大了?"她指着我问。

我看了一下，父亲一口气都替我们回答了：

"大的二十三，第二女的那个二十二，老三男的二十一，第四的二十，第五的十九。"对于外人，父亲总是津津乐于这样介绍的。姑姑嘻嘻哈哈了一阵说："我弟弟真福气。差不多都该娶该嫁了。"

这时，有人已忍不住吃吃地笑了。

"你替我们做做媒嘛。"父亲打趣说。

"没问题。我会，我会替我的阿孙找一个白——白白的、漂漂亮亮的给他。"

我们感谢她这么一句像台词夸张声势的话，给了我们一个能痛痛快快泄笑的好机会。不然父亲又要怪我们不懂得礼貌。她也得意地笑得软绵绵地说：

"我们这五个阿孙真有意思。"言外带有几分羡慕。

最后她表演了一出喜剧，她想离开一下。但是肥大的臀部，却被大藤椅的两边扶手紧紧地夹住。她忙乱地划动粗短的双手，始终挣扎不起来。划了半天，好不容易才站起来了，屁股又是黏着椅子走。她又使劲地挣脱，结果险些儿连人带椅往后翻过去。我们都被逗得笑倾身子，她自己也觉得十分可笑。她连忙说：

"憨阿孙咧！还不快来帮阿姑忙。"

这是姑姑第一次给我们的印象。她很快地叫我们喜欢她了。虽然她喜欢找人缠着喋喋不休地说话，动不动就笑。她也说："要是你们没听到我说话或是我笑，那就是我在睡觉，不然就是死了。"但是她一直疼爱我们五个姊妹。尤其是我。

姑姑是一个乐天派的典型人物。她绝不为身世的凄落而忧闷愁苦。只有一次是例外，那是为了娅淑的婚事，但过了一两个礼拜，她又叫人感到她的存在了。

娅淑是从小就被姑姑抱来养大的。她对她疼得真像掌上的明珠，她希望她长大之后，能招到一个好夫婿来传陈家的香火。娅淑读完高中，在一家公司里工作，不久就同人谈恋爱了。男方的家庭是虔诚的基督徒，纵使他肯入赘姑姑也要没命地反对。她咒诅他是吃教的，天杀的。

过去传统的力量，在现在逐渐薄弱了，这不能证明娅淑是个坏女孩子：除了这桩恋爱，姑姑对她十分满意。他们深深地爱着，男方提出许多让步的条件，姑姑一介不取。父亲的游说也动不了她的本意。

横竖爱情给了娅淑勇气，有年秋天，她打点了几套衣服，单独地从罗东沿途撒泪到高雄去结婚。临去之前，姑姑自己锁在房里，避不和她见面。她在门外哭成泪人，说了许多自责和歉疚的话。父亲看了可怜，蒙住姑姑，匆匆地赶去做女方的证婚人。

现在已经过了五个月了，娅淑的布袋装掩盖着隐约鼓起的肚子，收敛少女的浮稚，沉着得像一个慈母。她的眸子里，泛滥着无限的惆怅。

"吴先生什么时候回去的？"我问。

"昨天。过几天他再来带我回去。"

"离家以后，给你妈妈写信了没有？"

"写了。吴先生也常叫我寄些东西和钱回来。"她叹息着说，"但是她一字都不回。她永远恨我了。"

其实娅淑走了之后，姑姑还经常提起她，夸奖她的孝心。我安慰她一番。三根乌沉檀香已灰烬烟消了。我们准备离开。

"阿淑，你快有小孩了。"她听了怪难为情的，我接着打趣说，"你喜欢男的或是女的？"

我们都站在墓前，她迟疑了一会说：

"我想——这一个由她喜欢好了。"

我们空手拜了拜就要离开。但是似乎不能这样就走。我照往常在姑姑家向她告辞那样说：

"阿姑，我们回去了。"

这次她没说："留着吧！吃过饭回去。"娅淑哭起来了，我把军帽戴得低低的，两行烫肉的泪在颊上爬下。我挽起娅淑冰凉的手走开。迎面吹来的风也很冷。

原载一九六三年二月廿六日《联合报·联合副刊》

龙目井

当大人问为什么来玩打水?
没有一个小孩向大人说过实话,
说他们是因为想捞太阳。

在一处偏远的村子,那里有一口深井,是全村子共享的。早前的风水师说它是一只龙的眼睛,所以它就叫作龙目井。村子的名字也叫龙目井,自然,住在那里的人,大大小小都叫作龙目井仔人。

　　一般天晴的日子,这口龙目井是太阳,有时是月亮和星星最接近小孩子的地方。如果是大白天的正午前后,太阳会慢慢地,慢慢地移到井边,再滑进井里洗个凉澡,洗得金金亮亮,洗完之后也是慢慢地,慢慢地爬上井边,再回到天上。

　　在龙目井长大的孩子,平时都得帮家人,到井里打水回家烧洗。这些会到井里打水的小哥哥小姐姐,他们都练就一手打水的好功夫;看他们用一只手绑着长绳的水桶,垂放到井里的水面,让水桶静止不摇晃时,随即握绳头的手,用力一抖,水桶就翻半个筋斗,手再往下一松绳,整个水桶就喝满水,而又反被井水吞没。这时候拉起绳子,一桶满满的水就打上来。这除了常跟着去的小弟弟小妹妹，特别为手一抖，水桶就翻筋斗的动作羡慕不已之外，外地来的人一时也是学不来的。

　　有时候打水的桶子闲在那里，又是太阳正好在井里泡凉，小弟弟他们就会偷偷跑去，试着想用水桶把太阳捞上来。这样的野心，或是比喻夸父逐日也不怎么为过的志愿，在龙目井长大的小男孩，没有一个人没试过。也因为如此，常常有些小孩兴奋得手脚一时变笨，不但没捞着太阳，把水桶连绳子都弄掉到井里。找来的大人，一边骂，一边用晾衣的竹篙，一头绑个铁线钩，把水桶和绳子钩上来。当大人问为什么来玩打水？没有一个小孩向大人说过实话，说他们是因为想捞太阳。其实不用说大人也知道，他们不就是这样长大的吗？他们怕说出来，一时丢了做大人的威严吧；特别是当爸爸的和阿公。

　　天晴的夜晚，天上的小星星也会来井里打水，但是他们总是先玩一阵水，玩饱了之后，才想到要打水回到天上。农历初一、十五，还有前后的几天，月娘路过龙目井的时候，她也会来到井边，探头照照她的脸，整整她的妆。

　　当生活在台湾的人，三餐已不再怎么吃米饭时，龙目井的小孩长大后，一个一个离开龙目井到城里去了。留下来的人，一个一个变老了，没有力气去井头那里打水。好在自来水来了。然而，这口龙目井也从老花而变瞎了。

从此，太阳公公、月娘和小星星也就不再下来了，他们永远留在天上，和小孩子离得远远，远远的……

原载二〇〇五年一月廿四日《自由时报·自由副刊》

最短篇小说

葡萄成熟时

被囚禁在《伊索寓言集》里的那一只狐狸跑出来了。他又经过那一棚葡萄,所不同的是,这次带了一个令他爱死了的女友;只要她要什么,他都会替她办到。所以他以此为荣,她也以他为傲。

"啊!葡萄!"女友惊喜地看到成串的葡萄兴奋地叫起来。

"哦,对了,这棵葡萄我吃过,是酸葡萄。"

"真的!我最爱吃酸葡萄了,越酸越好。"

"我说错了,是甜的,太甜太甜了。"狐狸以为他机警地解救了他的窘境。

"甜的也没关系,只要是葡萄我就喜欢。"女友伸手指着葡萄。"我要吃葡萄。"狐狸呵呵地笑着走近女友。"我们都弄错了,那不是葡萄,不过长得太像了。"

原载二〇〇八年九月《九弯十八拐》第廿一期

买观音

一家大小和左右邻居的几个大人，聚集在小厅堂一盏一百烛光的垂灯下，好奇地带着几分争抢，传着看一片用线条阴刻观音佛像的鸡血石。大家不平，纷纷议论。

在夜市地摊，杀了对折①，花了身上仅有的六千块钱，才偷买到这片鸡血石的老阿妈，孤立在一旁，听人责骂骗徒和讲她老倒颠②的话，心里十分自责难过。鸡血石她爱，刻上观音佛祖她更心爱。哪知道鸡血石是假的。

"阿妈，我们去报警找他！"教书的孙子带着老人和几个大人往夜市走。老阿妈手拿着鸡血石，心里希望把钱要回来。她看看鸡血石，看看观音佛祖。

走到半路，老阿妈突然回头往家里走。任凭年轻人

---

① 杀了对折：闽南方言，即价格砍了一半。
② 老倒颠：闽南方言，即老糊涂。

怎么叫都不回头。他们只听到老阿妈说：

"我是买观音，我是买观音……"

原载二〇〇二年一月十日《联合报·联合副刊》

迷 路

土虱是村子里最会躲迷藏的小孩；每次一躲起来，就让人找不到他。所以只要他不当鬼①，他就带几本漫画书一边藏一边看。

有一天，他们玩捉迷藏的时候，土虱带了一口袋的花生米，还有一叠漫画书，藏在年久堆在一起的骨瓮金斗那里，借草丛遮他。这次的鬼早就发现他藏在那里，就是故意不去捉他。

天快暗了，小孩子散了，回家了。土虱书也看完了，口袋里的花生米连最后一粒霉了的也不放过，吃光了。他很得意而骄傲地钻出来。咦？人没了。他也找不到路回家。

他迷路了。

原载二〇〇二年一月十一日《联合报·联合副刊》

---

① 鬼：这里指抓迷藏游戏里的角色，当鬼的负责抓，当人的负责藏。被抓到的人，得轮换角色。

听 众

原来在公司当经理，至今失业三个多月了，头发也懒得理。早上要出门时，妻子还说他的头发乱得像鸡窝，他说他只是到河边走走。

他穿着睡衣裤，成了河堤上那位演讲者的唯一忠实听众。演讲者谈选举、治安、失业等，经理先生都觉得有凭有据有道理。只是路人忙，很多都是提菜篮的妇女，认为他是疯子。

在经理背后远处有一部白色面包车驶过来，疯子跑了。三个壮汉一上来，就把经理架上车。他挣扎着叫嚷说他不是疯子。

"每一个疯子都说自己不是疯子。"

车子走远了。

原载二〇〇二年一月十二日《联合报·联合副刊》

小羊与我

野狼挡住小羊的去路,借故要吃它。

你为什么在我的草地吃草?

我骑车路过,也被警察拦下来。

你为什么乱鸣喇叭?

警察先生,我的喇叭早就坏了,怎么会?

我听到小羊对野狼说,我还在吃奶啊。

小羊望我笑笑,我也回它笑笑。

野狼很讲理地说:

母羊吃草,小羊才有奶吃,就是这么简单也不懂。

小羊转向我发愣,我也愣了。

警察对我说,喇叭坏了怎么可以骑出来?

警察和野狼高举右手互相击掌笑了。

结果小羊被警察开了一张罚单。

我被野狼吃了。

原载二〇〇二年一月十九日《联合报·联合副刊》

棉花糖，紫药水

认识禾仔伯的老友，都知道他每天风雨无阻，从罗东纸厂后面的家，骑五十里路到宜兰河庆和桥下去钓鱼的事，是和一般钓友大不相同的，除了姜太公，就是他了。他钓一年多的鱼，钓出一套老人生活哲学来。他说："年岁大了，小孩、孙子肯跟我们住已经很难得了。当然，年轻人的生活习惯，我们苦过来的人是看不惯，难免会说几句。但是伤和气，何苦？所以去钓鱼最好，早出晚归，不见为清静。再说河边的空气好，对身体好，看浮标练眼力。我六十八了，眼睛清楚得很……"说起钓鱼，他好像有说不完的好处。

过去鱼钓多了，媳妇杀鱼杀怕了，家里天天吃鱼吃腻了。给邻居也一样。后来只挑大的带回来，一样不受欢迎。现在他钓到鱼，心里反而会带着歉意再把鱼放回去。昨天他钓到一条烂了下颚的福寿仔。他觉得很面善；原来是他上个星期钓到的，卸鱼钩时拉伤的那一条。他双手捧着鱼，将内心的歉意付诸声音，说声对不起之后放了它。他还为自己这样认真的行为觉得好笑。

然而，马上又自责不该这样笑自己。

今天他特地带棉花棒和紫药水来，准备给上钩的鱼上药。当他拉上第一条鱼，小心卸了钩，才发现腰包不见了。棉花棒、紫药水，还有厘厘嗑嗑①的东西都在里面。他想，糟了！掉在路上了。

他慢慢地骑着车，沿路注意来路一边的路面回去。他很失望地走进家里。才踏进门，媳妇在里头就叫："阿爸，你忘了带腰包呃。我就知道你会回来。"

向来就没听过媳妇的声音是这样甜美。媳妇笑着把腰包递给他。他接过腰包说：

"我今天不去钓鱼了。"想了一下，愉快地加了语气又说，"我今天要留在家里。"

原载二〇〇二年一月二十日《联合报·联合副刊》

---

① 厘厘嗑嗑：闽南方言，即杂而多的小东西。

挑战名言

一群无聊得要死的朋友，一定要在鸡蛋里挑骨头。他们说台湾竞选期间有很多名言，其中有一句成为经典名言的就是"从哪里跌倒，就从哪里站起来"，他们认为这话太白痴了。天底下哪一个人不是从哪里跌倒，就从哪里站起来的？我说我就不是！他们要我证明给他们开开眼界，还要我跟他们赌一桌酒席。我说行。不过酒席要找那些参选者常去的地方。他们以为赢定了，乐得很，异口同声说"一言为定"。

他们紧跟着我走到一座桥上。我回头望着他们露出胜利的微笑，手还比个"V"字示威，然后转身假装跌倒，就往底下的急流跳。我准备到下游的地方爬上岸站起来。结果，太太烧香告诉我，说他们在三公里外找到我，把我捞上来时，我是平躺在岸边。

原载二〇〇二年一月廿四日《联合报·联合副刊》

灵魂招领

前些日子,台湾地区某县市长和议员选举期间,终结政客协会捡到一百多个单薄瘦弱的灵魂。经查问之后,灵魂主的名单就超过最短篇的两百字,只好从繁就简,以黄春明等人的灵魂示之。协会透过媒体发了灵魂招领启事,久久没人来领。协会改为直接送灵魂回去附体。不料这些灵魂却苦苦哀求,希望协会留下他们。协会颇为苦恼,因为公布魂主的姓名招领,还纷纷遭到控告。

最后法院判协会诬告罪名成立。理由是无法从灵魂取得DNA。因而终结政客协会被反终结了。

原载二〇〇二年一月廿七日《联合报·联合副刊》

许愿家族

　　这个家庭很爱许愿,连家里猫狗之类的宠物也懂得要许愿。好比说家里的黑狗小黑以前是白的。它讨厌白的。有一天它看到流星就许了愿,白狗小白就变成小黑了。而那一只小虎猫咪,以前是一只老鼠。

　　狮子座流星雨的一个晚上,男女主人同时看到流星,也都许了愿。结果两人都失踪了。第二天警察来访,门一打开,害他吓得连爬带滚地跑出来。原来他看到一只金丝雀和小孩子一样大,一个小男孩被关在鸟笼里,见了警察就叫:

　　"警察先生,我不要吃小米,我要薯条。我以后要当总统——!"

原载二〇〇二年二月二十日《联合报·联合副刊》